新経典文化
ThinKingDom

沒有女人的男人

Men Without Women

厄涅斯特・海明威　Ernest Miller Hemingway

緣起

二〇一二年，新經典推出新譯《大亨小傳》這本描寫美國夢的經典小說。關於為什麼要推出新譯本，我們引用了小說家村上春樹在日版譯後記的話：「不論哪本翻譯作品，隨著時代的推移都會日益陳舊，雖然可能只是程度上的差異。」讓經典重譯能推陳而出新，就是我們的初衷。

上個世紀影響文學寫作最劇的海明威，一直在我們重譯的作者名單中。經歷兩次大戰與社會秩序瓦解重建，海明威用冷峻直接的語言拋開舊式創作包袱，以簡單直探時代繁雜的精神困頓。他那「人可以被摧毀，卻不能認輸」的態度，對當時迷惘的青年起著開創性的作用。義大利作家卡爾維諾在〈海明威與我們自身〉一文中，談到海明威對他這一代人的影響：

「曾經有一段時間，對我和同世代很多人，海明威就是神……………他的詩意與風格讓我早期寫作受益良多，雖然後來他的風格對我顯得狹窄，模仿他容易流於形式。還有他那充滿暴烈四處獵奇的生命樣貌——以及他對待生命的方式，開始讓我懷疑，甚至厭惡。可是，十年後的今天，當我再次展讀海明威、把我從他身上學到多少那本帳翻出來，我發現：盈餘太多。」

當時，海明威的影響力遍及世界，亞洲也在其中，他的小說中譯本更在一九五四年諾貝爾文學獎頒發給他時大量湧現，到了八〇年代受到並非公版書的衝擊，市場上逐漸缺少新譯，老譯本則隨著時日而陳舊，且不易得。我們決定重譯海明威，卻苦於無法決定譯哪一本。去年，村上先生公布了他的新書《女のいない男たち》，並坦言書名來自海明威的短篇集《*Men without Women*》。一九二七年初版的《沒有女人的男人》便從海明威所有書籍中獲選出列。

不用難字的海明威小說，卻難翻譯，他曾這麼解釋自己的寫作原則：「當你完全了解所寫的對象、那麼縱使不寫出來，讀者也會清楚看到。」不翻出來（不添贅原文沒有的），但都要看到，這不但考驗翻譯的語文能力，也考驗我們對此書的理解詮釋力。感謝譯者與此書搏鬥，也感謝吳明益老師為本書導讀，這位在華文創作中另闢蹊徑的寫作者直言他對硬漢風格的敬畏：「面對（海明威）這樣的小說，你就像在面對一個不戴拳套的拳手。」

喜歡觀看西班牙鬥牛的海明威，安排〈不敗的人〉這一篇作為全書開場，描寫剛從醫院出來的鬥牛士，無論有沒有掌聲和觀眾，堅持上場，以斗篷和長劍獨自迎戰死亡威脅，舞著轉著，並在轟然倒下時毫不認輸，那一刻，海明威重新定義了勇氣，也賦予了這本書最重要的精神。

新經典文化編輯部

開始

1899.7.21~1916

- 世界誕生第一輛汽車
- 萊特兄弟完成飛行
- 廣播時代開始
- 第一次世界大戰

海明威誕生於伊利諾州芝加哥郊外的橡樹園（Oak Park），有六個兄弟姊妹，他排行第二，為長子，父親克拉倫斯．艾德蒙．海明威（Clarence Edmonds Hemingway）是一位醫生，頑固而認真，愛好釣魚、狩獵。母親葛麗絲．赫爾．海明威（Grace Hall Hemingway），喜愛音樂，晚年則開始繪畫。橡樹園是個中產階級市鎮，多數人都是清教徒（Protestant），海明威的父母會積極參與教會工作。

海明威的父親從他幼小就給他釣具讓他釣魚。每逢夏日，全家會前往北密西根州的華倫湖畔度假，父親教會他們釣魚和狩獵。海明威十歲生日那年，父親更送他一把獵槍當作禮物。

十四歲那年中學生海明威參與橡樹園中學校刊編輯，並在校刊上發表短文。他學生時代還是游泳、足球選手，但據同學回憶，他並不參加舞會，是個獨來獨往的人。

一九一七年，海明威高中畢業，十八歲的他既想離家，正逢美國對德宣戰，加入第一次世界大戰，他便立即志願入營，卻因左眼受傷，未能如願參與作戰而作罷。但他已經決心不上大學，要從事寫作。那年秋天，他到《堪薩斯星報》（*Kansas City Star*）擔任報導記者。他曾回憶紀者工作對他的寫作技巧有所幫助：「對寫作來說，我學到了最好的法則。」

翌年，十九歲的海明威與友人同時辭去《星報》職務，應徵義大利軍的紅十字會司機；五月末，他先前往紐約。後經由巴黎到米蘭。不久在工作中腳部受重傷，被送進米蘭陸軍醫院，療養大約三個月後再投效戰場。十一月，大戰結束，義大利政府授以勳章。

退役後的海明威回到密西根湖畔釣魚打獵，度過秋冬，並努力寫作，但苦無發表機會。一九二〇年，他擔任加拿大多倫多《明星報》（*Toronto Star*）的記者，這個時期他寫了許多短篇，陸續在《明星周刊》（*Star Weekly*）發表。五月返回美國，與父母不睦，秋天便前往芝加哥依附朋友，當時的芝加哥是中西部的藝文中心，他結識了以《小城畸人》聲名大震的舍伍德．安德森（Sherwood Anderson, 1879~1941），並認識了比他大八歲的伊麗莎白．海德麗．李察遜（Elizabeth Hadley Richardson），第二年兩個人便結婚，住在多倫多。

婚後他接下《明星報》駐歐特派員的工作。

一九二二年，年方二十三歲的海明威，拿著安德森的介紹信，前往巴黎拜訪葛楚．史坦女士（Gertrude Stein, 1874~1946），並得以認識了詩人龐德（Ezra Pound, 1885~1973）和小說家喬伊斯（James Joyce, 1892~1941）。秋天，他參與報導希土戰爭及洛桑和平會議消息。當時

文學啟蒙的年代（18歲-27歲）

If you are lucky enough to have lived in Paris as a young man, then wherever you go for the rest of your life, it stays with you, for Paris is a moveable feast.

1917~1926

- 第一次世界大戰結束
- 美國頒發禁酒令
- 俄國十月革命，誕生第一個共產國家

海明威的妻帶著他的一批小說跟詩作原稿要跟海明威在洛桑會合，卻意外在火車上遺失了整皮箱的原稿。

一九二三年，二十四歲的海明威在巴黎出版第一本書《三個短篇和十首詩》。第二年，二十五歲的海明威出版了巴黎版的《我們的時代》（*In Our Time*）。該年夏天，他開始旅行西班牙，觀賞鬥牛。

一九二五年，二十六歲的海明威與當時二十九歲的費滋傑羅（F. Scott Fitzgerald）認識。這一年七月，海明威著手開始寫《太陽依舊升起》（*The Sun Also Rises*）。同一年十月，《我們的時代》美國版出版。

一九二六年，海明威出版了據稱是為了諧謔模仿友人安德森的實驗性作品《春潮》（*The Torrents of Spring*）。之後又出版了劇作小品《今天星期五》（*Today Is Friday*）。該年十月《太陽依舊升起》出版。不同於《我們的時代》只賣出五百本的慘況，《太陽依舊升起》出版後三個月內賣出了兩萬多本，銷售成功加上對失落一代的精準的描寫，更讓他廣為社會所知。

二十八歲那年，海明威與早已分居的海德麗正式離婚，這一年他與Vogue雜誌駐巴黎記者寶琳．費孚（Pauline Pfeiffer）結婚。寶琳是個虔誠的天主教徒，海明威也因此改信天主教。

一九二七年十月，海明威出版了第二本短篇小說集《沒有女人的男人》（*Men Without Women*）。

一九二八年，他從巴黎返回美國，住在佛羅里達州的基威士特（Key West）。這一年海明威的第二個兒子Patrick誕生，但年底他便遭逢巨變，海明威父親在橡木園用手槍自殺，父親過世海明威回家參加喪禮，但這也是他「最後一次回家」。之後海明威專注於《戰地春夢》（*A Farewell To Arms*）的原稿改寫，一九二九年，這本書出版。

這個時期正逢世界經濟大恐慌，海明威個人雖然人氣日增、名利雙收，但他卻益發感到文明社會的問題。

一九三一年夏天，海明威前往西班牙，三子Gregory誕生，海明威開始寫以鬥牛為題材的《午後之死》（*Death in the Afternoon*）。《午後之死》出版時，他還為這本書寫了「鬥牛用語小辭典」。

一九三三年，海明威出版第三部短篇集《勝利者什麼也沒有》（*Winner Take Nothing*）。之

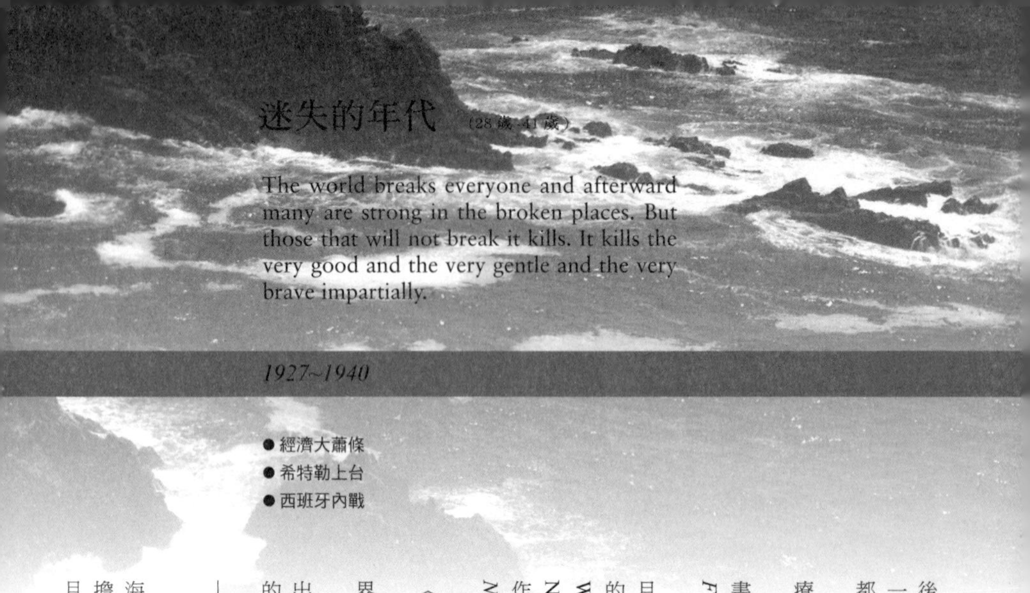

迷失的年代（28歲-41歲）

The world breaks everyone and afterward many are strong in the broken places. But those that will not break it kills. It kills the very good and the very gentle and the very brave impartially.

1927~1940

- 經濟大蕭條
- 希特勒上台
- 西班牙內戰

後他便跟妻子寶琳出發前往東非薩伐旅，獵了豹、羚羊還有四頭獅子。但卻染上痢疾，甚至一度病危。病一好他又再度繼續打獵，直到雨季才停，並轉而回到非洲海岸釣魚，這次經驗都寫在一九三五年出版的《非洲青山》（*Green Hills of Africa*）一書中。

一九三六年，西班牙內亂爆發，海明威以個人名義捐助西班牙政府軍四萬元，並捐獻醫療協助金。

同年他先後將其非洲經歷寫成小說《吉力馬札羅的雪》（*The Snows of Kilimanjaro*）（此書中文電影版片名為《雪山盟》）以及《瑪康伯短促而快樂的一生》（*The Short Happy Life of Francis Macomber*）先後在雜誌上發表。

一九三七年，海明威主持「爭取西班牙民主美國盟友大會」，並擔任NANA特派員；三月，他經由法國前往西班牙，參與西班牙內亂紀錄片《西班牙的土地》（*The Spanish Earth*）的拍攝與製作。五月回到美國後，海明威在「第二屆全美作家會議」上以「作家與戰爭」（**The Writer and War**）為題演講，曾在總統招待會上公開放映說明他們所拍的紀錄片。之後他又以NANA特派員的名義返西班牙。海明威在馬德里寫《第五縱隊》（*The Fifth Column*）時，與女作家瑪莎・葛爾霍恩（Martha Gellhorn）相戀。同年十月，《全有與全無》（*To Have and Have Not*）出版。

一九三八年，海明威將自己唯一的劇作《第五縱隊》跟自己最早的四十九個短篇集結為《第五縱隊與最初的四十九則故事》（*The Fifth Column and the first Forty-Nine Stories*）。

一九三九年三月，西班牙佛朗哥政府戰勝共和軍，結束了內戰。但同年九月，第二次世界大戰爆發。四十歲的海明威直接受到兩次大戰的衝擊。

一九四〇年，以西班牙內戰經驗為主的長篇小說《戰地鐘聲》（*For Whom the Bell Tolls*）出版。舞台劇《第五縱隊》上演，但反應不佳。這一年十一月，海明威結束與第二任妻子寶琳的婚姻，與瑪莎結婚。

一九四一年，海明威經由檀香山、中途島、關島前往東南亞及中國訪問。一九四二年，海明威開始改裝船隻「比拉」號，想要在古巴近海從事搜索德軍潛艇的工作。一九四四年，擔任《柯里爾》（*Collier's*）雜誌特派員，隸屬第三軍。五月，在倫敦發生車禍，頭部負傷。六月，為諾曼第登陸作戰赴法，與游擊隊比肩從事於巴黎戰略的情報蒐集。九月，因違反日內

跟自己戰鬥的年代（42歲-61歲）

Everyman's life ends the same way. It is only the details of how he lived and how he died that distinguish one man from another.

1941~1961.7.2

- 第二次世界大戰
- 戰後嬰兒潮

瓦協定戰時通訊服務規定，接受調查。

一九四五年，第二次世界大戰結束，海明威回到美國，這時他已經四十六歲。年底他與第三任妻子瑪莎離婚。隔年他又與瑪麗・威爾許（Mary Welsh）結婚；瑪麗是明尼蘇達州人，曾擔任《時代》雜誌倫敦分社記者，也是因此而與海明威認識。

一九四七年，海明威因戰地報導有功，獲授 Bronze Star 勳章。之後，海明威搬到古巴專心寫作。

距離銷售非常成功的《戰地鐘聲》出版已經十年，一九五〇年，海明威寫出新作《渡河入林》（*Across the River and Into the Trees*），先在雜誌上連載四個月，九月正式出版，但評論界反應不佳，小說主角一反過去海明威作品中的年輕男女，而是一位退休軍人，因此也有認為是海明威老了。

也許是為了反擊評論界，海明威很快開始動筆，一九五二年九月，海明威的《老人與海》（*The Old Man and the Sea*）在《生活》雜誌全文刊載，一周後便出版。本書一出，評論界一致讚賞，一九五三年，得到普立茲文學獎。

接著，海明威在那一年夏天，帶著妻子前往西班牙，再到非洲旅行。卻在觀賞「白色尼羅河」時，搭乘的小型飛機墜落，受傷獲救。之後他搭乘前往烏干達首都恩得比的飛機又失事，受了重傷，但倖免於難。一九五四年，五十五歲的海明威獲得諾貝爾文學獎，卻因為受了重傷無法親自前往瑞典接受頒獎，以一段錄音發表感言，其中他曾經說「創作，在最好的狀況下，是孤獨的」。

一九五九年，海明威前往西班牙看鬥牛，秋天，他又前往愛達荷州的「太陽谷」（Sun Valley）狩獵。這一次妻子的右臂受到重傷。

一九六〇年春天，海明威移居到愛達荷州之開查姆（Ketchum）。九月，開始寫以兩個鬥牛士為題材的〈危險的夏天〉（The Dangerous Summer），在《生活》雜誌分三期連載發表。十一月三十日，海明威被送進明尼蘇達州「羅徹斯達」醫院，以神經衰弱的治療為由，接受電擊治療。

一九六一年一月，海明威一度出院，但四月底又入院。六月底出院後，七月二日早晨被發現死在自己屋中槍架前，一般認為是自殺身亡。

目錄

導讀

最好的寫作注定來自你愛的時候

吳明益

「我不知道什麼是靈魂。」
「可憐的孩子，咱們沒有一個人對靈魂有認識。你是教徒嗎？」
「晚上是。」

——海明威，《戰地春夢》

我的第一本海明威沒有例外是《老人與海》，第二本則是出版於一九八六年，沒有註明譯者的《戰地春夢》。這本書對我來說非常特別，因為書的前頭有一篇美國桂冠詩人，也是新批評代表人物羅伯特．華倫（Robert Penn Warren）所寫的文章。華倫先是非常廣泛的舉例，以說明海明威的作品「人物往往是凶暴的，情境則是暴亂的」抑或是處於極度的冒險中，隱伏著毀滅的陰影，人物面臨失敗與死亡。但即便如此，他們往往因為効忠於自身的某種紀律（比方說〈不敗的人〉裡的過氣鬥牛士），因而得以在失敗之餘留下一塊「乾淨明亮的地方」。

這篇非凡的評論還舉到《紐約客》（*The New Yorker*）雜誌上的一幅漫畫，說明海明威寫作的特點。漫畫裡畫的是一隻強壯、筋絡虬結的手臂，緊緊抓著一朵玫瑰，而畫的標題是「海明威的靈魂」。華倫認為這畫一方面代表了海明威陽剛世界裡保存的敏感與自然，一方面也帶著些反諷——在「失落的一代」（Lost Generation），**在最不像樣的人們，最不像樣的場所裡，你可以發現真正的詩意、哀愁，與悲劇性。**

當時最讓我驚訝的是，這篇文章的譯者是張愛玲。後來我才知道，張愛玲在香港期間，因為生計而接受了一份翻譯的工作，她所翻譯的《老人與海》是最早的中譯本，一九五五年由香港中一出版社出版。根據研究者止庵的分析，張愛玲的文筆和海明威似乎有一種暗合的默契，特別能彰顯海明威乾淨文風的魅力。止庵並舉例比較吳勞、余光中和張愛玲的譯本。在形容老人的眼睛時，吳譯為「它們像海水一樣藍，顯得喜洋洋而不服輸」；余譯則是：「他的眼睛跟海水一樣顏色，活潑而堅定」；至於張則譯為「他的一切全是老的，除了眼睛。眼睛和海一個顏色，很愉快，沒有戰敗過。」這句子確實是海明威，卻也有張愛玲的氣息。

張愛玲說《老人與海》「有許多句子貌似平淡，卻是充滿了生命的辛酸……」她怕自己的譯筆「不能傳達出原著的淡遠的幽默與悲哀。」這短短的幾句話，大概就傳達了海明威作品的靈魂所在。

從表面上看，海明威的短篇小說有幾個特徵：句式簡潔、很少用複句或形容詞，有大量對話、故事通常在一個敘事時間內完成，人物以男性為主（諸如拳擊手、鬥牛士、殺手、獵手……），「陽性場景」描述（諸如酒吧、鬥牛場、跑馬場……），還有他出色的描寫自然環境的能力——在他的筆下，野性大地如在目前，你嗅得到草莖的氣味，感覺自己的靴子嘎吱嘎吱踩在沼澤地裡進了水，鱒魚拉動魚線像是要把你帶進溪流裡，黑暗中藏身的無數野獸隨時要出來叼走你的意志力。英國作家福特（Ford Madox Ford）曾說海明威的句子：「每一個字都敲擊你，彷彿它們是剛從小河撈上來的石子。」這個形容真是準確無比——「敲擊」不只是動態的，還有聲音韻律，也會讓你疼痛。

寓居巴黎的時期，正是年輕的海明威風格建立最重要的一段時間。講出「失落的一代」這個詞，自家公寓就是藝術與文學先鋒派的沙龍與堡壘的葛楚．史坦

（Gertrude Stein），在《愛麗絲・B・托克勒斯的自傳》（*The Autobiography of Alice B. Toklas*）裡提到，海明威的文體的啟發來自於自己，及寫出《小城畸人》（*Winesburg, Ohio*）的舍伍德・安德森（Sherwood Anderson）。

這也許有幾分道理。史坦的文體非常特別，她強調應該把特定的物品、地方、人物的稱呼固定下來，並以同樣的名稱重複稱之，不用其它的替代說法，這樣久而久之辭彙自然能展示自身的力量。這點顯然與海明威的用詞特色非常接近：精煉、簡單的字詞，自有一種神祕的氣味。而舍伍德做為已成名的文壇前輩，不但鼓勵海明威到巴黎寫作，甚至是欣賞並舉薦他的重要推手，對他的影響可想而知。

海明威承認自己從史坦那兒學到了「字與字間的抽象聯繫」，但也認為史坦從自己的作品《太陽依舊升起》裡學到了怎麼寫對話——作家是相互影響的，說是史坦教了他，海明威一點都不服。而他最具敘事實驗性的《春潮》，則刻意諧擬了安德森的小說《黯淡的笑》（*Dark Laughter*, 1925）。一個說法是，海明威不想讓自己存活在舍伍德的陰影下，才寫此作嘲諷該書的失敗。

我不曉得海明威是否就是這麼一個心胸狹窄之人，不過或許要論文學風格的影響，比較準確的說法是海明威接受《巴黎評論》（*The Paris Review*）訪問時，那張「得要一整天才能唸完」的長名單，從馬克吐溫、契訶夫到塞尚、高更，才是他寫作冰河的源頭。同為一個寫作者，我必須承認，如果光從一兩位作家身上取法，那萬不可能成為另一座冰山。

熟知海明威的讀者，必然都聽過「冰山理論」，但怎麼解釋就有分歧。我不只一次看過他人轉述「冰山露在水面上是八分之一，水下是八分之七」的說法，認為冰山理論就是讀者看到了露出水面的部分，底下仍有看不到的，或被刪去的那部分。這說法不能說不對，但卻忽略了更重要的訊息：海明威說刪去的部分必須是「你了解的那些東西」，如果你不了解那些東西，冰山就不會厚實，故事就會有漏洞。海明威解釋說他在寫《老人與海》時，把他知道的漁村的部分都刪掉了——他見過馬林魚交配，見過五十多頭的抹香鯨群，他曾叉住一頭六十英尺長的鯨，卻讓牠逃走了；他說自己熟知漁村的一切事物，卻略過它們不寫，因為唯有**刪去的是作者真正深刻了解之事**，那部分才堪稱水面下的冰山，才支持得住水面上的那八分之一。這可不是像一些小說的庸手，把自己不懂的事略過不寫的逃避可以比擬的。

在讀《沒有女人的男人》時，讀者當可深刻地發現這一點：為了描述鬥牛場景，海明威下了多少工夫觀察細節，更不用說，他自己就是個拳手與釣客。當你讀到〈五萬塊〉裡，寫一個飽受對方拳頭摧殘的拳手，試著用最後的體力擒抱住對方時，海明威形容「就像是試著握住一把鋸子一樣」。我實在很難相信沒有打拳的作者能寫出這露出的一小截「冰山」——拳手在鍛練時、人生裡所受的苦，幾乎就靠這麼一個句子浮現。生活不斷打擊我們，而我們最終還是要迎上前去，即使就像試著握住一把鋸子。不是嗎？

如果接受華倫所說的，海明威筆下的人物常是面臨著失敗與死亡，一個虛無、暴烈、失序的世界，我認為作家本身沒有巨大的意志是做不到的。他會被自己描寫的那個世界擊垮，被壯美卻炙熱的火山灰掩埋。

但作家終究撐到六十幾歲才扣下扳機。這漫漫的四十年寫作生涯，我們不難發現，海明威的氣力或許來自兩個地方：對自己磨礪文學的自信，以及愛情。這兩者，像是插在強壯蠻牛肩胛骨間凸起肌肉上的梭標，既是肉體的傷害也是驕傲的旗幟。

一九五八年，海明威接受《巴黎評論》的訪談時說：「只要別人不打擾你，隨你一個人去寫，你任何時候都能寫，或者你狠心就能做到。**但最好的寫作注定來自你愛的時候**。」

我們如果相信海明威講的話，對照他的人生或許可以抓到幾本他「最好的寫作」。那是與第一任妻子海德莉（Elizabeth Hadley Richardson）度過辛苦卻美好巴黎時光時，所寫出的《我們的時代》，海明威靠這本書在美國文壇建立聲譽。那也是在這段期間遇到寶琳．費孚（Pauline Pfeiffer）——這個唯一欣賞他的《春潮》，帶他進入激情與痛苦的女人，旁觀所完成的《太陽依舊升起》與《沒有女人的男人》（前者他不忘題贈給前妻）。當然，永遠別忘了，讓他在義大利戰場上著迷的修女艾格妮絲（Agnes von Kurowsky），就活在《戰地春夢》裡。而他與寶琳分手前，就已與他在西班牙共處的瑪莎．蓋爾霍恩（Martha Gellhorn），則陪伴他寫出了《戰地鐘聲》。至於在最後一任妻子瑪麗．維爾許（Mary Welsh）的婚姻前期，他給了世界《渡河入林》及《老人與海》。

只是從海明威自己、旁人的觀察都可以知道，海明威希望情人只有在他需要時才存在。這個折磨自己也折磨他人的硬漢總是去咖啡店或餐廳寫作，即使在家也待在自己的工作房間，拒絕被打擾。他一面需要遁入寫作裡，有時得離情人遠遠的，把自己拋進危險之中，但也無法長時間處在全然的孤單裡。他會回家，希望情人總在那兒提供他安全感、激情，以及聆聽。更重要的是，給予他毫無保留的崇拜。

你手上的這本《沒有女人的男人》，當然是一部陽剛氣息濃厚的短篇小說集，但事實上，對照他的生平，我們卻可以知道，這十四篇小說都來自他熱切、迷惘、中魔、徘徊、迷失、掙扎於愛的時候。年輕時我就深愛這個版本裡的許多篇章，諸如〈不敗的人〉、〈殺手們〉、〈五萬塊〉以及〈現在我讓自己躺下〉，都給了我極深的啟發。它們都會讓你在閱讀時真實無欺地感受到海明威的氣息，就像小說裡那個躺著無法入眠的軍官，傾聽著架子上的蠶吃著桑葉，以及在桑葉間掉落的聲音，然後在腦中把所有物事與自己的生命瀏覽一遍。面對這樣的小說，你就像在面對一個不戴拳套的拳手。

我有時會想，對海明威來說，愛情一方面是個支持、養分，一方面也帶著死亡的氣息。（哪個激烈的愛情不是如此？）海明威就像一個施展「立旋鬥牛術」的鬥牛士，抖動著被內在激情所驅動、彷彿自有生命的斗篷，引誘蠻牛如此接近地，刺破身上的襯衫擦身而過。在那儀式性的過程中，上場的鬥牛士知道自己必須面對死亡，而牛隻也預感自己將死。唯有秉持這般信念的兩個強悍生命才能完成一支真正的死亡之舞，而最終從死亡脫身的鬥牛士，也才如此讓人驚歎。

海明威的小說，本質上就是這種面對崩毀的一瞬，自然地從身體的某一處，流淌出的生命力。沒有愛的人是已死之人，沒有面對死亡緊張感的人亦然。在海明威的世界裡，值得一提都是奮力搏擊，失敗於命運，卻未失敗於意志的角色，海明威把對他們的憐憫壓得如此微小，彷彿塵埃。而這些角色，總也帶著那麼點軟弱，就像海明威總是要開著一盞燈睡眠，因為他知道「我（們）的靈魂只會在黑暗中離開」，而我們唯有晚上才是教徒。

海明威曾在《流動的饗宴》裡提到自己：「每次完成一篇小說，我總有被掏空了的感覺，既愉悅又憂傷，彷彿剛做完愛一樣。」寫作就是他力比多（Libido）的展現，而讀他的作品就是喝下一杯無色的烈酒，時間一到，它就要來焚燒你的臟腑、靈魂，它要你在醉酒與醒後，扎實地體認到什麼是**既愉悅又憂傷**。

（本文作者為國立東華大學華文系教授）

獻給
伊凡·謝普曼

不敗的人

曼威爾．嘉西亞爬上樓梯來到米蓋爾．瑞坦亞先生的辦公室。他放下行李箱，舉手敲門。沒人回答。站在走廊上的曼威爾覺得房裡有人。他可以透過門感覺到。

「瑞坦亞。」他說，一面側耳聽。

沒人回答。

他在裡面，沒錯，曼威爾想。

「瑞坦亞。」他說，用力敲門。

「誰啊？」辦公室裡的人說。

「是我，曼諾羅。」曼威爾說。

「你要幹什麼？」那個聲音問。

「我要工作。」曼威爾說。

門裡有個東西喀啦響了幾下，門就開了。曼威爾拎著行李箱走進去。

房間另一頭有個矮小的男人坐在桌子後面，頭頂上方是個馬德里標本剝製師做的公牛頭；四周牆上則掛著鑲框照片和鬥牛士的海報。

矮小的男人看著曼威爾。

「我以為他們會把你宰了。」他說。

曼威爾用指節在桌子上敲了敲。矮小的男人坐上前越過桌子望著他。

「你今年鬥了幾場牛？」瑞坦亞問。

「一場。」他回答。

「就那一場？」矮小的男人問。

「就一場。」

「我在報紙上看到了。」瑞坦亞說。他往後靠向椅背，看著曼威爾。

曼威爾抬頭望向牛頭標本。他以前常看，他對牠的興趣跟家族有關。大約九年前牠殺了他哥哥，有前途的那個。曼威爾記得那一天。釘著牛頭的橡木板上有個銅牌，曼威爾看不懂上面的字，但他想像成那是紀念他哥哥的。嗯，他是個好傢伙。

銅牌上該寫：「維拉括公爵的公牛『蝴蝶』，牠迎戰七匹馬，中了九根長槍，殺害了見習鬥牛士安東尼奧．嘉西亞。一九〇九年四月二十七日。」

瑞坦亞看見他望著牛頭標本。

「公爵送來星期天要出場的那批牛會鬧出醜聞，」他說：「牠們全都軟腳。他們在咖啡館怎麼說的？」

「我不知道，」曼威爾說：「我才剛到。」

「嗯，」瑞坦亞說：「你還帶著行李。」

他書桌後方的身體靠向椅背，望著曼威爾。

「坐下，」他說：「把帽子脫了。」

曼威爾坐下來；脫掉帽子。他的面孔變了。他看起來很蒼白，他的髮髻往前綁，以免從帽子下緣露出來，這讓他樣子很奇怪。

「你臉色很差。」瑞坦亞說。

「我剛剛從醫院出來。」曼威爾說。

「我聽說他們把你的腿截斷了。」瑞坦亞說。

「沒有，」曼威爾說：「我的腿沒事。」

瑞坦亞傾身，越過桌面把木頭菸盒推向曼威爾。

「抽根菸。」他說。

「謝了。」

曼威爾點起菸。

「你抽嗎？」他說，把火柴遞給瑞坦亞。

「不抽。」瑞坦亞揮揮手。「我從來不抽。」

瑞坦亞看著他抽菸。

「你為什麼不找個工作去上班？」他說。

「我不想上班，」曼威爾說：「我是鬥牛士。」

「現在已經沒有鬥牛士了。」瑞坦亞說。

「我是鬥牛士。」曼威爾說。

「對，你在場上的時候是。」瑞坦亞說。

曼威爾笑了。

瑞坦亞一言不發地坐著，看著曼威爾。

「如果你願意的話我可以讓你上夜場。」瑞坦亞提議。

「什麼時候？」曼威爾問。

「明天晚上。」

「我不想代替別人上場，」曼威爾說：「他們都是這樣死掉的。薩爾瓦多就是這樣死的。」他用指節敲著桌面。

「我只有這個缺。」瑞坦亞說。

「為什麼不排我下星期上場？」曼威爾建議。

「你拉不到觀眾。」瑞坦亞說：「他們只想看李崔、盧比多和拉托瑞。那幾個孩子很厲害。」

「他們會來看我的表演。」曼威爾語帶希望地說。

「不會，他們已經不知道你是誰了。」

「我很行。」曼威爾說。

「我說讓你明天晚上出場。」瑞坦亞說：「你可以跟賀南德茲那小子搭檔，在夏洛特他們比賽結束後宰兩隻小牛。」

「誰的小牛？」曼威爾問。

「我不知道，畜欄裡有什麼就是什麼。獸醫從日場刷下來的。」

「我不喜歡代人上場。」曼威爾說。

「要不要隨你。」瑞坦亞說，一邊靠向桌子開始看文件。他已經不感興趣了。曼威爾短暫地引起他懷想過去，那吸引已經消失。他想讓他代替拉瑞塔上場，因為價錢更便宜。他也可以用便宜的價錢找其他人，但是他想幫幫他。總之他已經給他機會了，由他決定。

「我可以拿多少？」曼威爾問。他還在考慮拒絕，但他知道自己不能拒絕。

「兩百五十比塞塔。」瑞坦亞說。他本來打算出五百的，但張嘴卻說出兩百五十。

「你付維洛達七千。」曼威爾說。

「你不是維洛達。」瑞坦亞說。

「我知道。」曼威爾說。

「他吸引觀眾，曼諾羅。」瑞坦亞解釋道。

「當然。」曼威爾說。他站起來。「給我三百，瑞坦亞。」

「好吧。」瑞坦亞答應了。他伸手到抽屜裡找一張紙。

「我可以先拿五十嗎？」曼威爾問。

「當然。」瑞坦亞說。他從錢包裡拿出一張五十比塞塔的紙幣，攤平放在桌上。

曼威爾把鈔票拿起來放進口袋裡。

「能組一個隊伍嗎？」他問。

「我有專門上夜場的孩子。」瑞坦亞說：「他們不錯。」

「騎馬的長槍鬥牛士呢？」曼威爾問。

「沒幾個人。」瑞坦亞承認。

「我得有個一好長槍手。」曼威爾說。

「那去找一個，」瑞坦亞說：「你去找。」

「不能用這些錢，」曼威爾說：「我不能用六十個銀幣請人組隊伍。」

瑞坦亞沒說話，從大書桌後面看著曼威爾。

「你知道我需要一個好長槍手。」曼威爾說。

瑞坦亞一言不發只是遠遠看著曼威爾。

「這是不對的。」曼威爾說。

瑞坦亞靠向椅背，繼續打量他。從遠處打量他。

「有普通的長槍手。」他提議。

「我知道。」曼威爾說：「我知道你說的普通長槍手。」

瑞坦亞沒有微笑，曼威爾知道結束了。

「我只想要有一半勝算。」曼威爾想說道理：「我想讓觀眾知道要刺牛的什麼地方。我只需要一個好長槍手。」

他在跟一個已經沒在聽的人說話。

「如果你要額外人手，」瑞坦亞說：「自己去找。外面有現成的隊伍，你愛找幾個長槍手就找幾個。卓別林組的搞笑表演十點半結束。」

「好吧。」曼威爾說：「如果你這麼覺得的話。」

「我這麼覺得。」瑞坦亞說。

「明天晚上見。」曼威爾說。

「我會去。」瑞坦亞說。

曼威爾拎起行李箱走出去。

「把門關上。」瑞坦亞叫道。

曼威爾回頭看，瑞坦亞仍舊傾身向前看文件。曼威爾把門拉緊，聽到喀啦一聲。

他下樓走出大門，來到明亮炙熱的街上。街上非常熱，白色建築反射的光突兀刺眼。他沿著陡峭坡道有陰影的那一側走向太陽門廣場。陰影感覺像流水一樣扎實清涼。過馬路時熱意突然襲來。曼威爾一路上沒有看到半個認識的人。

他在太陽門廣場前轉進一家咖啡館。

咖啡館裡很安靜。牆邊的桌位上坐著幾個人。其中四個人圍著一張桌子玩牌。靠牆邊坐的男人大部分在抽菸，桌上放著空咖啡杯和烈酒杯。曼威爾走過長形房間到後頭小房間去。有個人坐在角落的桌位睡覺。曼威爾在一張桌子旁邊坐下。

一個侍者走進來站在曼威爾桌邊。

「看見祖立托了嗎？」曼威爾問他。

「午飯前來過，」侍者回答：「他要到五點才會再回來。」

「給我咖啡、牛奶，和一杯跟平常一樣的。」曼威爾說。

侍者帶著托盤回來，上面是一個大咖啡杯和一個烈酒杯。他的左手拿了瓶白蘭地。他把東西放在桌上，跟著他進來的小男孩從兩支閃亮的長把尖嘴壺裡倒出咖啡和牛奶。

曼威爾脫下帽子，侍者注意到他往前綁的髮髻，便對倒咖啡的小男孩眨眼，一面把白蘭地倒進曼威爾咖啡杯旁邊的小玻璃杯裡。倒咖啡的小男孩好奇地看著曼威爾蒼白的面孔。

「你在這裡鬥牛嗎？」侍者問，把酒瓶塞起來。

「是的。」曼威爾說：「明天。」

侍者站著，把酒瓶抵在腰際。

「你是卓別林組的嗎？」他問。

倒咖啡的小男孩忍住笑別開視線。

「不是，正規的。」

「我以為他們要派查夫斯跟賀南德茲上場。」侍者說。

「不是。我跟另外一個。」

「誰？查夫斯還是賀南德茲？」

「我想是賀南德茲吧。」

「查夫斯怎麼了？」

「他受傷了。」

「你從哪聽說的？」

「瑞坦亞。」

「喂，路易，」侍者對著隔壁房間叫道：「查夫斯被牛牴了。」

曼威爾打開方糖的包裝紙，把糖放進咖啡裡。攪動之後喝下去，又甜又熱，溫暖了他空空的胃。接著他把白蘭地喝掉。

「再給我一杯那個。」他對侍者說。

侍者拔起瓶塞，倒了滿滿一杯，甚至溢出一杯的量到碟子上。另一個侍者來到桌子前面，倒咖啡的小男孩走開了。

「查夫斯傷得很重嗎？」第二個侍者問曼威爾。

「我不知道，」曼威爾說：「瑞坦亞沒說。」

「他在乎個屁，」高個子侍者說。曼威爾以前沒見過他，一定是剛來的。

「在這個城裡你只要跟瑞坦亞站一邊，那就搞定了。」高個子侍者說：「要是你不跟他同一邊，那不如出去給自己一槍。」

「說的沒錯。」另一個走進來的侍者說：「你說的一點沒錯。」

「就是，我說的沒錯。」高個子侍者說：「那個傢伙的事我說的不會錯。」

「看看他怎麼對待維洛達。」第一個侍者說。

「不只這樣，」高個子侍者說：「看看他怎麼對待馬西亞爾・拉藍塔，看看他怎麼對待納西歐納爾。」

「你說的對，小子。」矮侍者同意。

曼威爾望著他們站在他桌子前面講話，喝完他的第二杯白蘭地。他們已經忘記他了，他們對他不感興趣。

「看看那群駱駝，」高個子侍者繼續說：「你見過這個叫做納西歐納爾二世的傢伙嗎？」

「我上星期二看過他，對吧？」第一個侍者說。

「他就是隻長頸鹿。」矮侍者說。

「我當時怎麼說的？」高個子侍者說：「我說那些都是瑞坦亞的人。」

「喂，再給我一杯那個。」曼威爾說。他在他們說話的時候把侍者溢到碟子上的白蘭地倒進杯子裡喝掉了。

第一個侍者心不在焉地加滿了他的杯子。這三個人一面講話一面走出房間。

角落裡的那個男人還在睡覺。他每吸一口氣就發出輕微的鼾聲。他的頭往後靠在牆上。

曼威爾喝掉他的白蘭地。他也覺得想睡。到城裡去太熱了，而且沒事可做。他想跟祖立托見個面，在等他的時候睡一覺。他把行李箱踢到桌子底下，確定它在那裡。或許把箱子放到椅子底下靠著牆比較好。他彎腰把箱子推進去，然後他趴在桌上睡著了。

醒來的時候有人坐在他對面。這人又高又壯，褐色多肉的面孔像印第安人。他已經坐一會兒了。他揮手要侍者走開，坐著看報紙，偶爾垂眼望著趴在桌子上睡覺的曼威爾。他費力地看報紙，嘴唇隨著每一個字動作，讀累了就望向曼威爾。他沉沉地坐在椅子上，黑色的寬邊帽壓得低低的。

曼威爾坐直身子看著他。

「哈囉，祖立托。」他說。

「哈囉，小子。」壯漢說。

「我睡著了。」曼威爾握著拳頭用手背揉前額。

「我想也是。」

「你好嗎？」

「很好。你好嗎？」

「不太好。」

他們倆都沉默下來。長槍鬥牛士祖立托望著曼威爾蒼白的臉，曼威爾低頭望著長槍鬥牛士巨大的雙手把報紙折起來放進口袋裡。

「我要請你幫忙，強手。」曼威爾說。

祖立托綽號叫「強手」。他只要聽見這名字就會想到自己的大手。他尷尬地把手放在桌上。

「我們喝一杯吧。」他說。

「當然。」曼威爾說。

侍者進來、出去、又進來。他走出房間的時候回頭看桌旁的兩個男人。

「怎麼了，曼諾羅？」祖立托放下杯子。

「明天晚上幫我刺兩頭牛好嗎？」曼威爾問，隔著桌子望向祖立托。

「不行。」祖立托說：「我不刺牛了。」

曼威爾低頭望著他的酒杯。他猜到答案會是這樣，現在他聽到了。好吧，他聽到了。

「對不起，曼諾羅，我不刺牛了。」祖立托看著自己的手。

「沒關係。」曼威爾說。

「我太老了。」祖立托說。

「我只是問問。」曼威爾說。

「是明天夜場嗎？」

「對。我想如果有一個好長槍手，我就可以辦到。」

「你拿多少錢？」

「三百比塞塔。」

「我刺牛都拿得比這個多。」

「我知道。」曼威爾說：「我沒資格問你。」

「你為什麼還幹這行？」祖立托問：「你為什麼不把髮髻剪了，曼諾羅？」

「我不知道。」曼威爾說。

「你幾乎跟我一樣老了。」祖立托說。

「我不知道，」曼威爾說：「我非幹不可。要是能設法有一半勝算就好了，我只要這樣。我非幹下去不可，強手。」

「你不必這樣。」

「我必須這樣，我試過不要了。」

「我知道你的意思。但這樣是不對的，你得洗手不幹。」

「我做不到，而且我最近狀況不錯。」

祖立托看著他的面孔。

「你最近不是在醫院裡。」

「我受傷那時候狀況正好。」

祖立托沒有說話，他把碟子上的白蘭地倒進杯子裡。

「報紙上說他們沒有看過這麼精采的最後戳刺。」曼威爾說。

祖立托望著他。

「你知道我打起精神就很厲害的。」曼威爾說。

「你太老了。」長槍手說。

「不會，」曼威爾說：「你比我大十歲。」

「我不一樣。」

「我不會太老。」曼威爾說。

他們沉默地坐著，曼威爾盯著長槍手的表情。

「我在受傷之前一直都很厲害。」曼威爾主動說。

「你該看看我那幾場的，強手。」曼威爾責怪地說。

「我不想去看你，」祖立托說：「那讓我緊張。」

「你最近都沒看過我上場。」

「我看過你很多次。」

祖立托望著曼威爾，避開他的眼睛。

「你應該洗手，曼諾羅。」

「我不能。」曼威爾說：「我跟你說了我現在狀況很好。」

祖立托傾身向前，兩手放在桌上。

「聽著，要是你明天不成功就洗手的話，我就幫你。知道了嗎？你答應嗎？」

「沒問題。」

祖立托鬆了一口氣，靠向椅背。

「你得洗手不幹了。」他說：「不要再鬧了，你得剪掉髮髻。」

「我用不著洗手不幹。」曼威爾說：「你等著看，我有本事。」

祖立托站起來，爭論讓他覺得很累。

「你得停了。」他說：「我會親自剪掉你的髮髻。」

「不，你不會。」曼威爾說：「你絕對沒機會。」

祖立托叫來侍者。

「來吧，」祖立托說：「到家裡去。」

曼威爾伸手到椅子底下拿行李箱。他很高興，他知道祖立托會替他刺牛的，現在還活著的長槍鬥牛士中他最厲害。現在一切都很簡單了。

「到家裡來吃飯。」祖立托說。

曼威爾站在馬場裡等卓別林組表演結束。祖立托站在他旁邊。他們站的地方很暗。通往鬥牛場的大門是關上的。他們聽到上方傳來喊叫聲，接著是一陣爆笑，然後安靜下來。曼威爾喜歡馬場周圍散發馬廄的氣味，在黑暗裡很好聞。鬥牛場又傳來一陣喧囂，然後是掌聲，延長的掌聲，持續不斷。

「你看過那些傢伙嗎？」祖立托問，黑暗中他在曼威爾身邊顯得高大陰森逼人。

「沒有。」曼威爾說。

「他們滿好笑的。」祖立托說。黑暗中他對著自己微笑起來。

通往鬥牛場那道緊閉高大的雙扇門打開來，曼威爾看見刺眼弧光燈照亮的鬥牛場，廣場四周一片黑暗，只有看台高高矗立；兩個打扮成流浪漢的人繞著鬥牛場邊緣跑步鞠躬，後面跟著一個穿著旅館服務生制服的人，他彎腰撿起人們扔在沙地上的帽子和手杖，扔回黑暗中的看台去。

馬場的電燈亮了。

「我去找一匹馬來騎，你召集孩子們。」祖立托說。

騾子叮噹的鈴聲在他們背後響起，鬥牛場上死掉的公牛會被騾子拖走。

剛剛在防牛圍欄跟座位中間的通道上看搞笑表演的鬥牛隊伍成員，走回馬場，在燈光下聚在一起講話。一個穿著銀橘相間服裝的英俊小伙子過來對曼威爾微笑。

「我是賀南德茲。」他說著伸出手。

曼威爾握住他的手。

「今天晚上就是普通的大象。」男孩愉快地說。

「是有角的大象，」曼威爾同意。

「你抽到了下下籤。」男孩說。

「沒關係，」曼威爾說：「牠們越大，下人就越有肉吃。」

「你從哪裡學到這句的？」賀南德茲露齒一笑。

「這是老笑話了，」曼威爾說：「你把隊員叫來，我看看有怎樣的人。」

「你有些不錯的人。」賀南德茲說。他非常愉快，他以前上過兩次夜場，開始在馬德里有追隨者了。他很高興鬥牛幾分鐘後就要開始。

「長槍手呢？」曼威爾問。

「他們在畜欄裡搶漂亮的馬來騎。」賀南德茲露齒笑道。

騾隊很快通過大門，鞭子咻咻作響，鈴鐺錚鍄，小公牛刨地揚起一片塵沙。

公牛一通過他們就整隊準備出場。

曼威爾跟賀南德茲站在前面。隊上的年輕人在後面，他們沉重的斗蓬掛在手腕上。四位長槍鬥牛士騎在馬上，在昏暗的畜欄裡直直握著他們的鋼尖長槍。「瑞坦亞不肯給我們足夠的光線讓我們看馬真是太奇怪了。」一個長槍手說。

「他知道不要看得太清楚我們會比較高興。」另一個長槍手說。

「我騎的這玩意幾乎撐不住我。」第一個長槍手說。

「好啦，至少是馬。」

「當然，這是馬。」

他們在黑暗中騎在瘦弱的馬上交談。

祖立托沒有說話。他騎著唯一一匹穩健的馬。他測試過，在畜欄裡讓牠轉圈，牠會隨著轡頭和馬刺動作。他剪掉了把牠耳朵緊緊往下綁住的繩子，拿掉牠右眼的眼罩。這是一匹結實的好馬，腳步穩健。他只需要這樣。他打算整場鬥牛都要騎牠。他在昏暗中坐在繡花的大馬鞍上等待出場。他一騎上馬就開始在心中演練整場刺牛的過程。兩邊的長槍手不斷講話。他沒有聽見他們。

兩位鬥牛士分別站在各自的三個助手前面，他們的斗蓬也捲在左手臂上。曼威爾想著站在他背後的三個孩子。他們大概十九歲，跟賀南德茲一樣都是馬德里人。其中一個是吉普賽人，面色黝黑、嚴肅、冷淡。是他喜歡的樣子。他轉過身。

「你叫什麼名字，孩子？」他問吉普賽人。

「福安特斯。」吉普賽人說。

「好名字。」曼威爾說。

吉普賽人笑起來，露出牙齒。

「牛出場以後交給你，讓牠跑一跑。」曼威爾說。

「好。」吉普賽人說。表情嚴肅。他開始想自己要怎麼做。

「開始了。」曼威爾對賀南德茲說。

「好。我們上。」

昂起頭，隨著音樂搖擺，右手自由揮舞，他們上場。越過弧光燈下鬥牛場的沙地，鬥牛士助手們在他們身後散開。接著長槍鬥牛士騎馬出場，他們後面是鬥牛場的工人和繫著鈴鐺的騾隊。他們走過鬥牛場，觀眾對著賀南德茲拍手。他們高傲地搖擺身體前進，直視前方。

他們在主席前面鞠躬，一行人分散成各自的小組。鬥牛士們走到防牛柵欄旁邊，把沉重的斗蓬換成輕便的鬥牛披風。騾隊退場了。長槍鬥牛士策馬繞著鬥牛場奔跑，其中兩人從他們進來的門口騎出去。工人把沙地掃平。

曼威爾喝了一杯瑞坦亞的代理人替他倒的水，他當他的經理兼持劍手。賀南德茲跟他自己的經理說完話後走過來。

「你的架勢不錯，小子。」曼威爾稱讚他。

「他們喜歡我，」賀南德茲高興地說。

「入場儀式怎樣？」曼威爾問瑞坦亞的代理人。

「跟結婚典禮一樣。」代理人說：「很好。你們倆就像赫塞里多和貝爾蒙特。」

祖立托騎馬經過，宛如一座壯碩的騎士雕像。他調轉馬頭，讓牠面向鬥牛場另一端公牛入場的柵門。弧光燈的感覺很奇怪。他以前在午後烈陽下刺牛賺大錢。他不喜歡弧光燈。他希望能快點開始。

曼威爾走到他旁邊。

「刺牠，強手。」他說：「替我把牠切成塊。」

「我會刺牠的，小子，」祖立托朝沙地吐口水。「我會讓牠跳出場子。」

「制住牠，強手。」曼威爾說。

「我會制住牠的。」祖立托說：「牠為什麼還沒出來？」

「要出來了。」曼威爾說。

祖立托坐穩，腳踩在箱型馬蹬上，兩條裹著鹿皮甲的粗腿夾住馬身，左手握著韁繩，右手拿著長槍，寬邊帽壓低在眼睛上方，遮擋光線，他望著遠處的柵門。他的馬抖動耳朵。祖立托用左手拍拍牠。

紅色的柵門打開了，祖立托望向鬥牛場另一端的空蕩通道。公牛猛地衝出來，四腳打滑地來到燈光下，然後開始衝刺，輕鬆地快速奔跑，除了衝刺時噴出的鼻息之外沒有其他聲音。牠很高興能脫離黑暗的畜欄。

坐在前排座位，略感無聊的《先鋒報》代班鬥牛評論員，靠在膝蓋前方的水泥牆上寫報導：「卡帕尼羅，黑牛，牛角銳度四十二，以時速九十英里的氣勢進場——」

曼威爾靠在防牛圍欄上看著這隻公牛，他揮揮手，吉普賽人跑向前，鬥牛披風在身後飄揚。全速奔跑的公牛猛地轉身，準備衝向披風，牠低下頭，尾巴上揚。吉普賽人曲折地跑過時公牛瞥見他，放棄了披風轉而衝向他。吉普賽人輕快地跳起來，翻過紅色的防牛圍欄，牛角撞在柵欄上。牠盲目地用力牴了柵欄兩次。

《先鋒報》的評論員點燃一根菸，把火柴扔向公牛，然後在筆記本上寫道：「卡帕尼羅身軀夠壯，角也夠大，足以讓付錢的觀眾滿意。牠似乎有喜歡切入鬥牛士地盤的傾向。」

曼威爾在牛撞上圍欄的時候走到堅硬的沙地上。他從眼角瞥見祖立托騎著白馬站在圍欄旁邊，大概在鬥牛場左邊四分之一的所在。曼威爾把鬥牛披風放在身前，兩手握著褶子的地方，對著公牛大叫：「喝！喝！」公牛轉過身，好像抵著圍欄，然後開始急急衝向披風，曼威爾往旁邊橫跨一步，以腳跟為軸，順著公牛的勢頭旋身，披風仍舊放在身前，公牛再度往前衝，他再度旋身。他每次轉身觀眾都大叫。

他跟公牛轉了四次，舉起披風讓它飄揚，每次都讓公牛再度衝刺。第五次結束的時候，他把披風撐在腰間旋身，讓披風像芭蕾舞者的裙子一樣飛揚，吸引公牛跟皮帶一樣環繞著他，然後他站到一邊，讓公牛面對騎著白馬上前站穩的祖立托。他的馬面對著公牛，耳朵往前傾，嘴唇緊張地抖動。祖立托帽子壓得低低的，他靠向前，右臂下方夾著的長槍前後突出，成銳角往下，三角形的鐵槍尖對著公牛。

《先鋒報》的二線評論員吸了一口菸，盯著公牛寫道：「老將曼諾羅設計了一串還過得去的引牛動作，最後以非常貝爾蒙特式的閃避結尾贏得了常客的掌聲。就這樣，我們進入了騎馬鬥牛的回合。」

祖立托騎在馬上，衡量槍尖和公牛之間的距離。公牛在他的注視下重整體勢往前衝刺，眼睛盯著馬的胸口。牠低下頭準備用角牴的時候，祖立托把槍尖插進牛肩隆起的肌肉，用全身重量壓在長槍上，左手上提，把白馬往上拉，讓白馬的前蹄在空中揮舞，向右避開被他壓下的公牛，牛角從馬腹下方掠過。馬兒顫抖著四蹄落地，公牛衝向賀南德茲揮舞的披風，尾巴擦過馬的胸口。

賀南德茲往旁邊跑，用披風把公牛引向另一個騎馬鬥牛士。他正對著馬上的長槍手，在公牛面前揮舞了一下披風，然後閃到後面。公牛看見馬就立刻衝刺。長槍手的長槍劃過牛背，沒有刺中；衝撞的力道讓馬人立起來，長槍手已經開始滑下馬鞍，抬起右腿倒向左邊，讓馬擋在自己和公牛中間。馬被牛角挑起，再猛然倒下，牛還牴著牠。長槍手用靴子撐著馬身把自己推開，躺在地上等人來把他拖到一旁再站起來。

曼威爾讓公牛頂著倒下的馬，他並不急。長槍手沒事；而且那種長槍手受點驚嚇有好處。下一次他就會在馬上待久一點。沒用的長槍手！他越過沙地望向離防牛圍欄不遠的祖立托，他的馬動也不動，等待著。

「喝！」他對公牛叫道：「來啊！」同時雙手舉起披風，吸引牠的視線。公牛脫離那匹馬，衝向披風。曼威爾側著跑，展開披風，停下來，以腳跟為軸轉身，讓公牛掉頭正對祖立托。

「卡帕尼羅挨了兩記長槍，殺了一匹駑馬，賀南德茲和曼諾羅都避開了攻擊。」《先鋒報》的評論員寫道：「牠擋開槍尖，明顯地表現出對馬的敵意。老將祖立托用長槍展現了一些以前的伎倆，特別值得一提的是槍刺——」

「喔咧！喔咧！」坐在他旁邊的人大叫，叫聲淹沒在觀眾的歡呼中，他猛拍評論員的背。評論員抬頭看在他正下方的祖立托，他把身體往前傾，脇下長槍高高翹起，幾乎握到槍尖了。他用全身的重量抵住公牛，牛奮力往前想頂到馬，祖立托在牠上方，抵住牠、抵住牠、慢慢地借力讓馬掉頭，最後終於避開。祖立托察覺到馬剛好能避開、公牛會撲空的那一刻，就鬆開了鋼鐵般的抗力。公牛掙脫奔向賀南德茲在牠鼻端晃動的披風，長槍三角形的鋼尖撕裂了牠的肩胛。牠盲目地衝向披風，男孩把牠引向鬥牛場中央。

祖立托拍拍他的馬，望著公牛直奔賀南德茲揮動的披風，他在明亮的燈光下抬手讓公牛奔過，觀眾歡呼。

「你看見了嗎？」他對曼威爾說。

「真是精采。」曼威爾說。

「我給了牠苦頭吃，」祖立托說：「看看牠現在的樣子。」

披風再度從公牛鼻尖掠過，牠前腳一滑跪在地上，立刻又站起來，但曼威爾和祖立托隔著沙地看見公牛肩上不斷湧出的鮮血閃閃發光，在黑色的毛皮上看起來十分光滑。

「我給了牠苦頭吃。」祖立托說。

「牠是隻好牛。」曼威爾說。

「要是他們再給我一次機會，我會宰了牠。」祖立托說。

「他們會讓我們負責第三回合。」曼威爾說。

「看看牠現在的樣子。」祖立托說。

「我得到那邊去。」曼威爾說。接著便跑向鬥牛場的另一端，工人們牽著馬的轡頭朝公牛走去，一行人用棍子敲打馬腿，試圖讓牠走向公牛；

公牛低著頭，前腳刨地，無法決定要衝向哪裡。

祖立托騎在馬上，策馬過去，沒有錯過任何細節。他皺起眉頭。

最後公牛往前衝，牽著馬的工人跑向防牛柵欄，長槍手刺得太後面了，牛衝到馬匹下方，把馬頂起來，拋到背上。

祖立托看著。穿著紅襯衫的工人們跑出來把長槍手拖開。長槍手站起來，一面咒罵一面揮動手臂。曼威爾跟賀南德茲拿著披風準備好。公牛，巨大的黑牛，背上背著一匹馬，馬蹄晃蕩，轡繩纏在牛角上。背著一匹馬的黑色公牛踉蹌前進，拱起頸脖，把馬往上抬。牠往前衝讓馬滑下，馬滑了下來，接著朝曼威爾替牠攤開的披風衝刺。

公牛的動作變慢了，曼威爾覺得。牠血流如注，側腹上全是血光。

曼威爾再度對牠攤開披風。牠來了，雙眼大睜，醜惡地盯著披風。曼威爾橫跨到旁邊，舉起手臂，把披風扯滿旋身引牛。

現在他面對著公牛。沒錯，牠的頭放低了。牠的體勢低了。這是祖立托的功勞。

曼威爾揮動披風，牠過來了。他跨到旁邊揮動披風，又一次旋身引牛。牠的衝刺準得驚人，他想。牠已經戰夠了，所以現在開始觀察。牠開始狩獵，牠盯上了我。但我每次都讓牠衝上披風。

他對公牛揮舞披風，牠過來了，他避開。這次非常驚險。我不想離牠這麼近。

披風的邊緣在公牛衝過來時拂過牛背，沾上了血。

好吧，這是最後一次。

曼威爾面對公牛，每次公牛衝刺他都隨之轉身。他兩手展開披風給牠看。公牛望著他，雙眼直視、兩角往前；公牛看著他，觀察著。

「喝！」曼威爾說：「牛兒！」他往後仰，披風向前方揮動。牠過來了。他橫跨到旁邊，把披風揮到背後，同時旋身，讓公牛隨著披風往前衝，卻一直撲空，不由自主地成了披風的俘虜。曼威爾用單手讓披風在牠鼻下掃過，讓大家看清楚牛被制住了，然後走到旁邊。

完全沒有掌聲。

曼威爾越過沙地走向防牛圍欄，同時祖立托騎馬離開了鬥牛場。方才曼威爾還在鬥牛時，號角已經吹響示意短刺槍鬥牛士的演出準備開始。他沒有察覺到號角聲。工人們正用帆布蓋住兩匹死馬，在周圍撒木屑。

曼威爾走到防牛圍欄邊要水喝，瑞坦亞的代理人遞給他一個沉重的瓦罐。

福安特斯，那個高個子吉普賽人，握著一對短刺槍站著。他用一手握住那兩根細長的紅棍子，尖端的魚鉤朝外。他望向曼威爾。

「去吧！」曼威爾說。

吉普賽人小跑出去。曼威爾放下瓦罐看著他，用手帕擦擦臉。

《先鋒報》的評論員伸手拿起雙腿之間已經變溫的香檳，喝了一口，把停筆的段落寫完。

「——上了年紀的曼諾羅在用披風耍了一整段俗套把戲之後，並未獲得任何掌聲。接下來我們進入短刺槍鬥牛的回合。」

公牛站在鬥牛場中央，還是動不了。高眺的福安特斯挺直背脊，高傲地走向牠，張開雙臂，兩手各抓著一根細長的紅棍子，尖端朝向正前方。福安特斯往前走，他身子斜後方有個拿著披風的助手。牛望著他，回過神來。

牠的眼睛盯著福安特斯。這時他站定，身體往後仰，對牛叫喊。福安特斯晃動兩根紅短刺槍，讓牛看到金屬尖端的光芒。

牠豎起尾巴往前衝。

牠向前直奔，眼睛盯著那個人。福安特斯站著不動，身子往後仰，短槍的尖端指向前方。牛低頭要牴的時候，福安特斯高舉雙臂，往後併攏，雙手相觸，短刺槍成了兩條往下墜落的紅線，他傾身向前把槍尖插進牛的肩膀上，身體騰空在牛角上方，再以兩根短刺槍為支柱旋身，把身體弓向一邊讓公牛通過。

「喔咧！」觀眾大叫。

公牛瘋狂亂頂，像鱒魚一樣蹦跳，四腳離地。紅色的短刺槍隨著牠蹦跳晃動。

曼威爾站在防牛圍欄那裡，注意到牠總是衝向右邊。

「跟他說下一次鉤右邊。」他對拿著兩根新短刺槍，跑向福安特斯的孩子說。一隻沉重的手落在他肩上，是祖立托。

「你覺得怎麼樣，小子？」他問。

曼威爾在看公牛。

祖立托往前靠向防牛圍欄，用手臂撐住身體。曼威爾轉向他。

「你幹得不錯。」祖立托說。

曼威爾搖頭。他在下一個回合之前無事可做。吉普賽人短刺槍耍得非常好。公牛在下一個回合面對他的時候應該已經差不多了，牠是隻好公牛。一直到現在為止都很容易，他擔心的是最後要怎麼用劍。他並不真的擔心，甚至不去想，但他站在這裡覺得沉重不安。他望向公牛，計畫最後的收尾，用紅布消耗牛的力氣，讓牠容易被解決。

吉普賽人再度走向公牛，大步傲慢地走著，像是國際標準舞者，紅色的短刺槍隨著他的步伐震動。公牛盯著他，已經不再發狂，準備狩獵他，但要等待他接近到牠一定可以逮到、用角抵住他的距離。

福安特斯往前走時公牛衝刺了。公牛衝過來的時候福安特斯跑了四分之一圈，牛衝過他身邊時他往後跑，停下來，踮起腳尖，伸出手臂，在公牛撲空時傾身把短刺槍直直插進公牛緊繃的肩膀肌肉上。

觀眾為之瘋狂。

「那個孩子不會在夜場待太久。」瑞坦亞的代理人對祖立托說。

「他很不錯。」祖立托說。

「你看他。」

他們看著。

福安特斯背對著防牛圍欄站著。他身後有兩個助手，拿著披風準備掛在欄杆上分散公牛的注意力。

公牛的舌頭垂在外面，腹部起伏，盯著吉普賽人。牠以為逮到他了。他背對著紅色的柵欄。只要一小段衝刺，公牛盯著他。

吉普賽人往後仰，舉起雙臂，短刺槍對著公牛。他對著公牛叫喊，一隻腳頓地。公牛充滿疑心。牠要那個人，牠不想讓肩膀上刺進更多倒鉤了。

福安特斯朝公牛走近一些，往後仰，再度叫喊。觀眾席有人大聲警告。

「他靠太近了。」祖立托說。

「你看他。」瑞坦亞的代理人說。

福安特斯往後仰，用短刺槍引誘公牛，然後跳起來，雙腳離地。他跳起來的時候公牛豎起尾巴往前衝。福安特斯腳尖落地，雙臂伸直，弓著全身往前傾，把短刺槍直直插下去，同時旋身避過公牛的右角，

公牛沒有頂到人，圍欄上飄動的披風吸引了牠的視線，牠一頭撞上去。

吉普賽人沿著防牛圍欄跑向曼威爾，接受群眾的掌聲。他的背心被牛角劃破了，他很高興地讓觀眾看，繞了鬥牛場一圈。祖立托看著他跑過去，微笑著指著自己的背心。他微笑起來。

有人刺進了最後一對短刺槍，但沒有人注意。

瑞坦亞的代理人把一根棍子塞進紅布裡，把布捲在棍子上，越過防牛柵欄交給曼威爾。他伸手到皮製劍箱裡，拿出一把劍，握著皮鞘越過柵欄遞向曼威爾，曼威爾握住紅色的劍柄把劍抽出來，劍鞘軟軟地垂下。

他望向祖立托。大個子看見他在流汗。

「你去解決牠，小子。」祖立托說。

曼威爾點點頭。

「牠狀況很好。」祖立托說。

「正是你想要的樣子。」瑞坦亞的代理人跟他保證。

曼威爾點點頭。

上方屋頂下的號角手吹響號角，宣告最後一回合到來。曼威爾走過鬥牛場，站到面朝上方黑暗的包廂前，主席應該在那裡。

坐在前排座位的《先鋒報》代班評論員喝了一大口溫溫的香檳。他已經決定這不值得現場報導，回辦公室再寫就好了。這他媽的算什麼？只不過是夜場而已，就算錯過了什麼，也會在明天的早報上看到。他又喝了一口香檳。他十二點在美心有約呢。何況這些鬥牛士都是什麼些玩意？不就是小鬼跟流浪漢，一群流浪漢。他把筆記放進口袋裡，望向曼威爾，他孤單地站在鬥牛場上，朝上方一個他看不見的黑暗包廂脫帽行禮。公牛靜靜地站在鬥牛場中，眼神渙散。

「我將這頭公牛獻給您，主席大人，以及世界上最聰明慷慨的馬德里市民。」曼威爾這麼說。這是例行公事，他一字不漏。這台詞對夜場來說有點太長了。

他對著黑暗鞠躬，直起身子，把帽子扔到身後，左手拿著紅旗，右手持劍，走向公牛。

曼威爾走向公牛。公牛望著他，目光敏捷。曼威爾注意到短刺槍垂在牠左肩的樣子，以及祖立托的長槍造成的持續血流。他注意到公牛的步態。他走向前，左手握著紅旗，右手握著劍，盯著公牛的腳。公牛會先把腳併攏才衝刺，牠現在四腳敞開，呆呆地站著。

曼威爾走向牠，盯著牠的腳。這沒問題，他辦得到。他一定要設法讓公牛低下頭，好越過牛角殺掉牠。他不去想那把劍，不去想殺掉公牛。他一次只想一件事，但是即將發生的事讓他很有壓力。他走向前，盯著公牛的腳，他看見牠的眼睛、牠濕潤的鼻端、分得很開尖端朝前的雙角。公牛眼睛周圍顏色比較淺。牠的眼睛望著曼威爾，覺得牠可以牴到這個白臉的小個子。

他站定後用劍把紅旗展開，現在他左手持劍，用劍尖挑起紅布，讓紅色的法蘭絨像船頭的三角帆一樣撐開。曼威爾注意到牛角的尖端，一支牛角因為衝撞防牛柵欄而裂開了，另一支則跟豪豬刺一樣尖銳。曼威爾在撐開紅旗時注意到牛角白色的底端都染紅了。他在注意到這些事情的時候視線一直盯著公牛的腳，公牛穩穩地望著曼威爾。

牠現在採取守勢了，曼威爾想。牠在保留力氣。我得讓牠出擊，讓牠低下頭。一定要讓牠低頭。祖立托之前讓牠低下頭，但牠又抬起來了。我讓牠出擊牠就會流血，那會讓牠倒下。

他舉著紅旗，左手的劍把紅旗在面前撐開，他對公牛喊叫。

公牛望著他。

他傲慢地往後仰，揮舞撐開的紅旗。

公牛看見紅旗，弧光燈下鮮豔的猩紅。公牛的腳併攏了。

牠衝過來了。咻！公牛衝過來時曼威爾旋身揚起紅旗，讓公牛的角從下方掠過，紅旗拂過公牛寬闊的背，從頭到尾巴。公牛衝向空中，曼威爾沒有移動。

撲了個空之後公牛像彎過角落的貓一樣，轉身面對曼威爾。

牠再度採取攻勢，牠的沉重消失了。曼威爾注意到閃閃發光的鮮血從黑色的肩膀滴到公牛的腿上。他把劍從紅旗上抽出來，用右手握住，再放低左手的紅旗，傾向左邊，對公牛叫喊。公牛的腳併攏了，眼睛盯著紅旗。牠衝過來了，曼威爾想。吆！

他隨著公牛的勢頭旋身，紅旗在公牛的鼻端飛揚，他站得穩穩的，劍延著旋身的曲線在弧光燈下閃爍。

左旋舞式結束之後，公牛再度衝刺，曼威爾舉起紅旗準備表演齊胸舞式。公牛扎實地踏著地面，在舉起的紅旗下從他胸前竄過。曼威爾仰起頭避開互相撞擊的短刺槍，炙熱的黑色牛軀擦過他的胸口。

太接近了，曼威爾心想。祖立托靠在防牛圍欄上，跟吉普賽人很快地說了幾句話，他帶著披風跑向曼威爾，祖立托把帽子拉低，隔著鬥牛場望著曼威爾。

曼威爾再度面對公牛，放低左邊的紅旗。公牛低頭望著紅旗。

「剛才那招要是貝爾蒙特耍的，他們會瘋掉。」瑞坦亞的代理人說。

祖立托一言不發，望著在鬥牛場中央的曼威爾。

「老闆從哪裡挖到這傢伙的？」瑞坦亞的代理人問。

「醫院裡。」祖立托說。

「他很快就要回那裡去了。」瑞坦亞的代理人說。

祖立托轉向他。

「敲一敲。」他說，指著防牛圍欄。

「我只是開玩笑，老兄。」瑞坦亞的代理人說。

「給我在木頭上敲一敲。」

瑞坦亞的代理人傾身向前在防牛圍欄上敲了三下。

「看下去吧！」祖立托說。

在鬥牛場中央，弧光燈下，曼威爾跪下來，面對公牛。他用雙手舉起紅旗，公牛衝刺，豎起尾巴。

曼威爾晃動身體避開，牛再度衝刺的時候，他揮動紅旗轉了半圈，讓公牛跪地。

「天啊，這傢伙是個很棒的鬥牛士啊！」瑞坦亞的代理人說。

「不，他不是。」祖立托說。

曼威爾站了起來，左手握著紅旗，右手拿著劍，回應黑暗的觀眾席上的掌聲。

公牛費力地站起來等待，牠低著頭。

祖立托對另外兩個助手說話，接著他們就帶著披風跑過去站在曼威爾背後。現在他背後有四個人了。賀南德茲從他拿著紅旗出場開始就跟著他，高翹的福安特斯站著觀望，披風貼在身上，優閒地看著。現在又有兩個人過來。賀南德茲示意他們一人站一邊。曼威爾獨自面對公牛。

曼威爾揮手要帶著披風的人退後。他們小心地後退，看見他臉色蒼白，滿頭大汗。

他們不知道該退到後面嗎？他們希望公牛在入神不動之後又看見披風嗎？他要擔心的事情已經夠多了。

公牛四腳敞開，站著不動，望向紅旗。曼威爾用左手把紅旗捲起來。公牛的眼睛盯著旗子，身子開始笨重。牠低著頭，但並不太低。

曼威爾朝著牠舉起紅旗，公牛沒有動，只用眼睛望著。

牠已經變成鉛了，曼威爾想。動彈不得了，牠已經被設計了，牠會受死的。

他用鬥牛術語思考。有時候他腦海出現個念頭，卻想不起那個特別的用語，就無法明白那個念頭。他的本能和知識都是無意識的，他的腦子處理字彙的速度很慢。他非常瞭解公牛，用不著思考牠們，只要做該做的事就好。他的眼睛注意到一切，身體不假思考就做出必要的反應。要是思考，他就完蛋了。

現在他面對公牛，同時察覺到許多事情。牛的雙角一支裂開，另一支光滑尖銳，他必須傾向左邊，快速地垂直出手，放低紅旗讓公牛跟著低頭，他則從牛角上方把劍垂直刺進公牛高聳的肩胛中間那一塊五比塞塔硬幣大小的地方。他必須完成這一切，還必須從雙角間抽身。他意識到自己必須做到這些事，但唯一的念頭只有幾個字：「快速垂直。」

「快速垂直。」他想道，揮動紅旗。快速垂直。快速垂直，他把劍從紅旗裡抽出來，側身對著裂開的左角，讓紅旗擋在身前，右手持劍舉到眼睛的高度畫了十字，然後，踮起腳尖，沿著劍身往下瞄準公牛雙肩之間的地方。

他的身體快速垂直地刺向公牛。

一陣衝擊，他感覺自己飛到空中。他騰空翻越的時候仍舊把劍往下戳，而劍脫手飛了出去。他跌落地面，公牛在他上方。曼威爾躺在地上，用穿著拖鞋的腳踢公牛的鼻子。踢、踢、公牛想牴他，亢奮中沒有牴中，頭撞上他，牛角戳進沙裡。曼威爾像是不讓空中的球落地一樣雙腳一直踢，使公牛沒法牴到他。

曼威爾感覺到披風拍打在公牛身上時的風，然後公牛不見了，猛地飛越過他身體上方。當牠的腹部掠過他時，一片漆黑。他甚至沒被踩到。

曼威爾站起來撿起紅旗。福安特斯把劍遞給他，劍身因為刺入肩胛骨而彎曲。曼威爾用膝蓋把劍扳直，跑向公牛。公牛現正站在一匹死馬旁邊。跑向公牛的時候他那從腋下被撕裂的上衣隨之飄動。

「把牠引開。」曼威爾對吉普賽人叫道。公牛聞到死馬的血腥味，將角戳進帆布裡。牠衝向福安特斯的披風，裂開的角上還掛著帆布，觀眾笑起來。牠在鬥牛場上搖頭想把帆布甩掉。賀南德茲從牠後面跑過來，抓住帆布一角，俐落地把布從角上扯下來。

公牛跟著帆布跑了一下，然後停下腳步，再度採取守勢。曼威爾帶著劍和紅旗走向牠。曼威爾在牠面前揮動紅旗。公牛不肯衝刺。

曼威爾側身對著公牛，劍身朝下準備攻擊。公牛動也不動，好像已經死了，沒辦法再衝刺。

曼威爾踮起腳尖，舉起劍衝過去。

他再度感受到那陣衝擊，感覺到自己被彈飛，然後重重落在沙地上。公牛罩住他。

曼威爾好像死了一樣躺著，雙手抱頭，公牛撞他。撞他的背、他埋在沙地上的臉。他感覺到牛角戳進他手臂中間的沙裡。公牛頂他的背。他的臉埋進沙裡。牛角戳穿了他的袖子，公牛把袖子扯下來。曼威爾被撞飛了，公牛衝向其他的披風。

曼威爾站起來，找到劍和紅旗，用拇指測試劍尖，然後跑向防牛柵欄換一把新劍。

瑞坦亞的代理人越過防牛柵欄把劍遞給他。

「把臉擦擦。」他說。

曼威爾跑向公牛，用手帕擦拭血淋淋的臉。他沒看見祖立托。祖立托在哪裡？

鬥牛士助手們離開公牛，帶著披風等待。公牛衝撞了一陣之後，沉重呆滯地站著。

曼威爾帶著紅旗走向牠，停下來揮舞紅旗。公牛沒有反應。他在公牛鼻端左右揮舞，左右揮舞。公牛的眼睛望著紅旗，頭跟著紅旗轉動，但不肯衝刺。牠在等曼威爾。

曼威爾擔心起來。他沒有別的辦法，只能攻擊。快速垂直。他側身接近公牛，把紅旗放在身前，出手進攻。他把劍插進去的時候，身體扭向左邊避開牛角。公牛擦過他身邊，劍彈到空中，在弧光燈下閃閃發光，連紅色的把手一起掉在沙地上。

曼威爾跑過去把劍撿起來。劍身彎了，他用膝蓋扳直。

他跑向再度入神的公牛，經過手拿披風站著的賀南德茲身邊。

「牠全是骨頭。」男孩替他打氣。

曼威爾點點頭，擦拭面孔。他把沾了血的手帕放進口袋裡。

公牛在那裡，牠站在防牛柵欄旁邊。該死。或許牠都是骨頭，或許沒有能讓劍插進去的地方。沒有才怪！他會讓他們瞧瞧。

他試著揮了一下紅旗，公牛不動。曼威爾在公牛面前前後晃動，毫無動靜。

他把紅旗捲起來，抽出劍，側身衝向公牛。他把劍插進去時感覺到阻力，他用盡全身力量，然後劍彈到空中，飛到觀眾席上。劍彈起來的時候曼威爾扭動身體避開公牛。

從黑暗中扔下來的最初幾個坐墊沒打到他，隨後，一個坐墊打中他的臉，他面向觀眾血淋淋的臉。坐墊快速落下，散落在沙地上。有人把一個空的香檳瓶子扔到他旁邊，打中曼威爾的腳。他站在那裡望向黑暗，望向這些玩意的來處。之後有個東西「咻」的一聲插進他身邊的地上。曼威爾彎腰撿起來，是他的劍。他在膝蓋上把劍扳直，用劍對觀眾示意。

「謝謝，」他說：「謝謝。」

喔，這些混帳王八蛋！混帳王八蛋！喔，這些可惡的混帳王八蛋！他跑步的時候踢到一個坐墊。

公牛在那裡，跟之前一樣。好吧，你這可惡的混帳王八蛋！

曼威爾在公牛黑色的鼻端前揮動紅旗。

毫無動靜。

你不肯。好吧。他走近，用紅旗的尖端戳牛潮濕的鼻端。

公牛衝向他，他往後跳，被一個坐墊絆倒，他感覺到牛角戳進他體內，他的身側。他用雙手抓住牛角，往後撐，緊緊抓住那個地方。牛把他甩出去，他躺著不動。沒關係，公牛離開了。

他一面咳嗽一面站起來，覺得虛弱無力。那些混帳王八蛋！

「把劍給我，」他大叫：「把那玩意給我。」

福安特斯帶著紅旗跟劍過來。

賀南德茲摟住他。

「去醫護室吧，老兄，」他說：「別當該死的傻子。」

「不要靠近我，」曼威爾說：「滾開，不要靠近我。」

他掙脫了，賀南德茲聳聳肩。曼威爾跑向公牛。

公牛站在那裡，沉重穩健。

好吧，你這個混蛋！曼威爾把劍從紅旗裡抽出來，採取同樣的招式，撲向公牛。他感覺到劍一路插進去，一直插到護手。四根手指和拇指都插進公牛裡面，他的指節感覺到炙熱的血，他趴在公牛背上。

公牛背著他蹦跳，他趴在上面，似乎開始下沉；隨後脫離公牛，雙腳落地。他望著公牛慢慢往旁邊倒下，接著突然四腳朝天。

他對觀眾揮手，手上染著溫暖的公牛血。

看吧，你們這些王八蛋！他想說話，卻開始咳嗽。他又熱又喘不過氣來。他低頭找紅旗，得過去跟主席致意；王八蛋主席！他低頭望著某個東西，是公牛。牠四腳朝天，厚重的舌頭伸出來，肚子上和四條腿下面有東西在蠕動，在毛皮稀薄的地方蠕動。死掉的公牛。公牛去死吧！他們全都去死吧！他要站起來，卻開始咳嗽。他再度坐下，咳嗽。有人過來把他拉起來。

他們把他抬過鬥牛場去醫護室，抬著他跑過沙地，在大門口被走出來的騾隊擋住，於是繞過去進入黑暗的通道，他們哼哼唧唧地把他抬上樓梯，讓他躺下。

醫生和兩個穿著白衣的男人在等他。他們讓他躺在台子上，剪開他的襯衫。曼威爾覺得很累，整個胸膛裡面好像燙傷了。他開始咳嗽，他們拿某個東西湊近他的嘴。每個人都很忙。

他眼裡有電燈，他閉上眼睛。

他聽見有人沉重地走上樓梯。然後他聽不到了。接著他聽見遠處有個聲音，是觀眾。好吧，得有人殺掉他另外一隻牛。他們把他的襯衫剪掉了，醫生對他微笑，瑞坦亞在這裡。

「哈囉，瑞坦亞！」曼威爾說。他聽不見自己的聲音。

瑞坦亞對他微笑，說了些什麼。曼威爾聽不見。

祖立托站在台子旁邊，彎腰看醫生正在處理的地方。他穿著長槍鬥牛士的衣服，沒戴帽子。

祖立托對他說了些什麼，曼威爾聽不見。祖立托跟瑞坦亞說話。其中一個穿白衣的人微笑著把剪刀遞給瑞坦亞，瑞坦亞把剪刀給了祖立托。祖立托對曼威爾說了些什麼，他聽不見。

手術台去死吧！他以前見過很多手術台，他不會死。要是他要死的話會有神父在場。

祖立托跟他說了些什麼，舉起剪刀。

沒錯。他們要剪掉他的髮髻，他們要剪掉他的馬尾辮。

曼威爾從手術台上坐起來。醫生往後退，很不高興。有人抓住他不讓他動。

「你不能這樣，強手。」他說。他突然清楚地聽到祖立托的聲音。

「沒事，」祖立托說：「我不會真的動手。我只是開玩笑。」

「我幹得很好，」曼威爾說：「我只是運氣不好。」

曼威爾躺回去，他們用某個東西蓋住他的臉。這太熟悉了。他深深吸氣，他覺得非常疲倦，他非常、非常疲倦。他們把那個東西從他臉上拿開。

「我幹得很好，」曼威爾虛弱地說：「我幹得非常好。」

瑞坦亞望向祖立托，開始走向門口。

「我在這裡陪他。」祖立托說。

瑞坦亞聳聳肩。

曼威爾睜開眼睛望著祖立托。

「我不是幹得很好嗎，強手？」他跟他確認。

「當然，」祖立托說：「你幹得非常好。」

醫生的助手把圓錐形的呼吸器蓋在曼威爾臉上，曼威爾大口吸氣。祖立托不自在地站著，看著這一切。

在異鄉

秋天的時候戰爭一直持續著，但我們已經不參與了。米蘭的秋天很冷，夜幕早早就低垂。接著電燈亮起來，這時沿街看著櫥窗很是愉快。店鋪外面掛著許多野味，粉雪落在狐狸的毛皮上，風吹動牠們的尾巴。除掉內臟的鹿，硬沉沉地掛著，小型禽鳥的羽毛被風吹翻。這個秋天很冷，風從山上吹來。

我們所有人每天下午聚在醫院，暮色中從鎮上走到醫院有好幾條路。其中兩條是沿著運河，但得走很遠，你總得經過運河上的橋才能進入醫院。有三座橋可供選擇。其中一座橋上有個賣炒栗子的女人。在她的炭爐前站著很溫暖，把栗子放進口袋之後也很溫暖。醫院非常古老非常漂亮，從大門進去，穿越中庭，可以從另外一邊的大門出去，中庭裡通常都有葬禮行列正準備出發。老舊醫院後方是新的磚樓，我們每天下午都在那裡碰面，大家都很有禮貌，關心彼此的狀況，坐在會讓我們改頭換面的機器裡。

醫生走到我坐的機器旁邊說：「大戰前你最喜歡做什麼？你做運動嗎？」

我說：「我打橄欖球。」

「很好，」他說：「你以後打橄欖球會比以前更厲害。」

我有一邊膝蓋不能彎，從膝蓋到腳踝那一段完全沒有肌肉，機器是要讓我的膝蓋彎曲，像騎三輪車一樣動作。但它還不能彎，機器在要讓它彎曲的時候都會傾斜。醫生說：「這會過去的。你是個幸運的年輕人，你能再打橄欖球，跟冠軍一樣。」旁邊的機器是一位手跟嬰兒一樣小的少校。醫生檢查他的手時他對我眨眼，他的手掛在兩條上下跳動，拍打僵硬手指的皮帶之間。他說：「我也可以打橄欖球嗎？上校醫生？」他以前是非常厲害的擊劍手，在戰前，他是義大利最厲害的擊劍手。

醫生到後面的辦公室拿出一張照片，上面是一隻萎縮得幾乎跟少校一樣小的手，那是在使用器械復健之前，之後有變大一點。少校用正常的那隻手拿著照片，非常仔細地看著。「受傷嗎？」他問。

「工廠意外。」醫生說。

「非常有趣，非常有趣。」少校說，把照片還給醫生。

「你有信心嗎？」

「沒有。」少校說。

有三個每天都來的男孩，年紀跟我差不多。三個都是米蘭人，其中一個要當律師，另一個要當畫家，還有一個要當職業軍人。我們做完器械復健之後，有時會一起走去科瓦咖啡館，在史卡拉歌劇院旁邊。我們走捷徑穿越共產黨人聚集的區域，因為我們有四個人。那些人恨我們，因為我們是軍官，每當我們經過時會有人從酒館裡大叫：「打倒軍官！」有時候另外一個男孩跟我們一起走，讓我們變成五人行。男孩臉上蒙著一條黑絲布手帕，因為他沒有鼻子，臉必須重建。他一離開軍校就上了前線，上了前線不到一小時就受傷了。他們重建他的臉，但他來自一個非常古老的家庭，他們始終都沒辦法搞對那種鼻型。他曾在中南美洲的銀行工作，但這是很久以前的事了，那時我們沒有人知道後來會怎樣。那時我們只知道戰爭一直都在進行，但我們已經不參與了。

我們都有同樣的勳章，除了臉上蒙著黑絲布繃帶的那個男孩之外，他在前線的時間不夠久，沒辦法得到任何勳章。那個臉色非常蒼白，要當律師的高個子男孩是突擊隊的中尉，我們都只有一個的那種勳章他有三個。

他跟死亡同居了非常久，跟人有一點疏離。我們全都有一點疏離，除了每天下午在醫院見面之外，我們之間沒有任何聯繫。不過當我們走在一起穿越治安差的區域去科瓦，黑暗中我們前進，酒館傳出燈光和歌聲，男男女女擠在人行道上，我們得走到街上推開人群前進，那種時候我們會覺得被那些討厭我們的人所無法瞭解的某種經歷聯繫在一起。

我們全都熟悉科瓦，豐富、溫暖、燈光不會太亮，某些時段嘈雜且煙霧瀰漫；桌邊總有女孩，牆上的架子總有畫報。科瓦的女孩們都非常愛國，我發現義大利最愛國的人就是咖啡館的女孩——我相信她們現在仍舊愛國。

男孩們一開始對我的勳章都十分禮敬，問我做了什麼才得到它們。我讓他們看證書，上面寫得洋洋灑灑，充滿了**同袍情誼**和**犧牲小我**，這些義大利字眼拿掉形容詞之後，上面說的就是我之所以獲頒勳章因為我是美國人。之後他們對我的態度有一點改變，然而我還是跟他們一起對抗外界的朋友。我是個朋友，但在看過獻詞後，我就從來不是他們之中真正的一員，因為他們做了非常不同的事才得到勳章。我受了傷，這是真的；但我們都知道受傷畢竟只是意外。然而我從來不覺得我的動章很丟臉。有時在雞尾酒時間過後，我會想像自己做了所有讓他們獲得勳章的事；然而當我從晚上店家關門後的冷風中，沿著空曠的街道走在路燈下回家時，我知道我絕對做不出那些事來。我非常怕死，常常夜晚獨自躺在床上時，害怕會死，並想著如果再度回到前線時我會怎麼做。

那三個獲得勳章的男孩就像獵鷹，而我不是獵鷹，雖然在沒有打過獵的人眼中我可能像獵鷹，但那三個人心裡明白，所以我們漸漸疏遠。但我跟那個第一天上前線就受傷的男孩一直都是好朋友，因為他永遠不知道自己本來會怎樣；當然他也永遠不會被接納，而我喜歡他正是因為我覺得他可能也不會變成獵鷹。

少校以前是厲害的擊劍手，他不相信英勇。我們坐在機器裡的時候，他花很多時間糾正我的文法。他跟我抱怨我說義大利文的方式，我們非常輕鬆地交談。有一天我說義大利文對我而言很容易，我沒辦法覺得很有意思，一切都很簡單。「啊，是的，」少校說：「那你何不學學文法呢？」所以我們開始用文法，於是義大利文就變成困難的語言，我得先在心裡想好文法，否則不敢開口跟他說話。

少校非常有規律地到醫院來，我覺得他甚至一天都沒有錯過。雖然我確定他不相信這些器械。我們都有一段時期不相信，有一天少校說這些全是胡扯。那時器械還是新的，我們是第一批實驗品。這是愚蠢的主意，他說：「只不過是個理論而已。」我還沒學好文法，他說我是個無可救藥的白癡，他浪費時間教我真是太蠢了。他身材矮小，坐在椅子上，把右手伸進機器裡，盯著牆上正上下拉扯他手指的皮帶。

「戰爭結束之後你要做什麼，如果戰爭結束的話？」他問我。「說話要合文法！」

「我要去美國。」

「你結婚了嗎？」

「沒有，但我希望能結婚。」

「那你就是個傻子。」他說。他似乎非常憤怒。「男人根本不應該結婚。」

「為什麼呢，麥吉歐里先生？」

「不要叫我麥吉歐里先生。」

「男人為什麼不應該結婚？」

「他不能結婚。他不能結婚，」他憤怒地說：「要是知道會失去一切的話，就不應該讓自己掉進那種處境。他不應該讓自己掉進會失去一切的處境。他應該去找那種不會失去的東西。」

他非常悲憤，說話時直直瞪著前方。

「但是他為什麼一定會失去一切呢？」

「他會失去的。」少校說。他看著牆壁，然後低頭望著機器，把他的小手從皮帶間扯出來，用力拍在大腿上。「他會失去的，」他幾乎是用吼的說道：「不要跟我爭論！」他叫管理機器的助手過來，「把這個該死的東西關掉。」

他回到光線治療和按摩的房間。然後我聽到他問醫生是否能借用電話，接著他關上門。等他再回到這個房間裡的時候，我坐在另外一座機器上。他穿著披風，戴著帽子，直接走到我這裡，把手臂放在我肩膀上。

「我**非常**抱歉，」他說，用正常的那隻手拍拍我的肩膀。「我不應該這麼無禮。我太太剛剛去世了，請你原諒我。」

「喔——」我替他覺得傷痛。「我非常難過。」

他站在那裡咬著下唇。「真的非常難受。」他說：「我沒辦法讓自己接受。」他的視線越過我望向窗外，開始哭泣。「我完全沒辦法讓自己接受。」他邊說邊哽咽，接著哭出來，他抬起頭，眼神空洞，以軍人的姿態直直站著，眼淚順著他的雙頰流下來，他咬住下唇，經過器械走到門外。

醫生告訴我少校的妻子非常年輕，他一直沒娶她，直到受傷收到退伍令之後才跟她結婚。她死於肺炎。她才病倒幾天而已，沒有人料到她會死。少校有三天沒來醫院。然後他在慣常的時候來了，制服袖子上繫著一條黑帶。他回來的時候醫院牆上掛著裝框的大照片，照片上是各種傷勢在器械復健前後的對比。少校使用的機器前面有三張跟他一樣的手完全復原的照片。我不知道醫生是從哪裡找到這些照片的，我一直以為我們是第一批使用機器的人。這些照片對少校並沒有什麼影響，因為他只肯望向窗外。

白象般的山丘

越過埃布羅河谷的山丘白而綿長。這一側沒有陰影沒有樹木，陽光下的火車站台位於兩條軌道之間。靠近站台這一邊是建築物溫暖的影子，和一道由竹子珠珠串成的門簾，掛在酒吧的門口擋蒼蠅。美國人和同行的女孩坐在屋外陰影下的桌位。天氣非常熱，從巴塞隆納來的快車四十分鐘後抵達。火車只在這個交會站停兩分鐘，然後繼續前往馬德里。

「我們要喝什麼？」女孩問道。她拿下帽子放在桌上。

「熱得很，」男人說：「我們喝啤酒吧。」

「兩杯啤酒。」男人對著簾子說。

「大杯嗎？」門口的女人問。

「對，兩杯大杯。」

那個女人帶著兩杯啤酒和兩個毛氈墊出來。她把毛氈墊和啤酒杯放在桌上，望著男人和女孩。女孩望向遠處綿延的山丘。山丘在陽光下是白色的，周圍是一片乾燥的棕色。

「那看起來像白象。」她說。

「我從來沒見過白象。」男人喝著啤酒。

「沒有，你不可能見過。」

「我或許見過，」男人說：「光是妳說我不可能見過，證明不了什麼。」

女孩望向珠簾。「他們在上面畫上字樣，」她說：「寫什麼？」

「公牛茴香，是一種酒。」

「我們可以試試嗎？」

男人對著簾子叫道：「喂。」

女人從酒吧裡出來。

「四里爾。」

「我們要兩杯公牛茴香。」

「兌水嗎？」

「妳要兌水嗎？」

「我不知道，」女孩說：「兌水好喝嗎？」

「還不錯。」

「你們要兌水？」女人問。

「對，要兌水。」

「這喝起來像甘草。」女孩說著放下杯子。

「所有東西都是這樣。」

「對，」女孩說：「所有東西喝起來都有甘草。特別是那些你等了好久的東西，像是苦艾。」

「喔，不要這麼沒完沒了。」

「是你開始的，」女孩說：「我是覺得好玩。我本來滿開心的。」

「好，我們試著開心吧！」

「可以啊，我在試。我說山丘看起來像白象，那不是很俏皮嗎？」

「是很俏皮。」

「我說試試這種新的酒。我們只幹這種事不是嗎——看著眼前的景色，試喝新的酒？」

「沒錯。」

女孩望向山丘。

「這些山丘很可愛，」她說：「它們看上去並非真的像白象，我只是說像透過樹林看見的象皮色。」

「要再喝一杯嗎？」

「好吧！」

暖風把珠簾吹到桌邊。

「啤酒很冰。」男人說。

「很不錯。」女孩說。

「那手術真的簡單得要命，吉葛，」男人說：「根本算不上手術。」

女孩望向桌腳間的地面。

「我知道妳不會介意的，吉葛。真的不算什麼，只是讓空氣進去。」

女孩沒有說話。

「我會跟妳一起去，一直陪在妳旁邊。他們只是讓空氣進去，然後就完全好了。」

「那之後我們要怎麼辦？」

「之後我們會沒事的，就跟以前一樣。」

「你為什麼這麼覺得？」

「這是我們唯一煩惱的事，唯一讓我們不快樂的事。」

女孩望向珠簾，伸手抓住兩串珠子。

「你覺得之後我們就會沒事，就會快樂了。」

「我覺得會。妳不用害怕，我認識很多做過手術的人。」

「我也是，」女孩說：「之後他們都好快樂。」

「好吧，」男人說：「如果妳不想做就不做。如果妳不想做我不會勉強妳，但我知道那非常簡單。」

「而且你真的想做？」

「我覺得這是最好的選擇，但如果妳真的不想做我不會要妳做。」

「要是我做了你就會高興，一切就會跟以前一樣，你還會愛我？」

「我現在就愛妳，妳知道我愛妳。」

「我知道。但如果我做了，一切就會好起來，就算我說白象之類的事，你也會喜歡？」

「我會喜歡，我現在也喜歡，我只是沒辦法去想。妳知道我擔心的時候是什麼樣。」

「要是我去做你不會擔心？」

「我不會擔心，因為那非常簡單。」

「那我就做，因為我不在乎我自己。」

「妳是什麼意思？」

「我不在乎我自己。」

「好吧，我在乎妳。」

「喔，是啦，但是我不在乎自己。我會做手術，然後一切就會沒事。」

「要是妳這麼覺得，我就不希望妳做。」

女孩站起來走到站台最末端。車站對面那頭是麥田和埃布羅河邊的樹林，遠遠的，河流再過去就是山丘。雲的影子飄過麥田，她能看到河水穿過樹林流著。

「我們本來可以擁有一切，」她說：「我們本來可以的，但每一天我們都在讓它變得不可能。」

「妳說什麼？」

「我說我們本來可以擁有一切。」

「我們是可以擁有一切。」

「我們不能了。」

「我們可以擁有全世界。」

「我們不能了。」

「我們可以去任何地方。」

「不可能。那已經不是我們的了。」

「那是我們的。」

「不是。他們一旦拿走，你就要不回來了。」

「但是他們還沒拿走。」

「等著瞧吧。」

「妳回到陰涼處來，」他說：「妳千萬不能那樣想。」

「我沒有怎樣想。」女孩說：「我只是知道。」

「我不希望妳做任何妳不想做的事——」

「況且那對我不好，」她說：「我知道。我們能再叫一杯啤酒嗎？」

「好吧，但妳得明白——」

「我明白。」女孩說：「我們可以不說話嗎？」

他們在桌邊坐下，女孩望著山丘另一頭，看著河谷荒蕪處，男人看看她又看看桌子。「妳要知道，」他說：「要是妳不想做，我就不希望妳做。要是這件事對妳有任何意義，我完全願意接受。」

「這對你沒有任何意義嗎？我們可以一起過下去的。」

「當然有。但是除了妳之外我不想要其他人，我不想要其他任何人。我知道那非常簡單的。」

「對，你一直說非常簡單。」

「妳可以這麼說沒關係，但我知道。」

「你現在可以幫我個忙嗎？」

「我會幫妳任何忙。」

「你可以拜託拜託拜託拜託拜託拜託拜託不要說話嗎？」

他不說話只望向車站牆邊的行李，行李上貼著他們住過的所有旅館的標籤。

「只是我不希望妳做，」他說：「我倒是完全沒關係。」

「我要尖叫了。」女孩說。

女人從門簾後走出來，把兩杯啤酒放在潮濕的毛氈墊上。

「火車五分鐘後到站。」她說。

「她說什麼？」女孩問。

「火車五分鐘後到站。」

女孩對那個女人明朗地微笑，表示謝意。

「我最好把行李先拿到站台那一邊去。」男人說。她對他微笑。

「好。然後回來我們把啤酒喝完。」

他拎起兩個沉重的袋子，繞過站台到另一邊的鐵軌旁。他沿著鐵軌望去，但沒看到火車。回來的時候他穿越酒吧，等車的人都在那裡喝酒。他在吧台喝了一杯茴香酒，看著那些人，他們都很平靜地等火車。他越過珠簾走出去，她坐在桌邊對他微笑。

「妳覺得好些了嗎？」他問。

「我覺得很好。」她說：「我完全沒事，我覺得很好。」

殺手們

亨利簡餐店的門一開，兩個男人走進來。他們在櫃台前坐下。

「你們要什麼？」喬治問他們。

「我不知道，」其中一個男人說：「你想吃什麼，艾爾？」

「我不知道，」艾爾說：「我不知道我想吃什麼。」

外面天色暗了，窗外的街燈亮起來。櫃台前的兩個男人看著菜單。尼克．亞當斯從櫃台另一端望著他們，他們進來時他正在跟喬治說話。

「我要蘋果醬烤豬里脊和馬鈴薯泥。」第一個男人說。

「那個還沒準備好。」

「那你們幹嘛寫在菜單上？」

「那是晚餐，」喬治解釋：「六點就可以點那個。」

喬治望向櫃台後面牆上的鐘。

「現在是五點。」

「這個鐘是五點二十分。」第二個男人說。

「它快了二十分鐘。」

「叫那個鐘去死，」第一個男人說：「那你們有什麼可吃的？」

「我可以幫你們做任何一種三明治，」喬治說：「有火腿蛋、培根蛋、肝臟和火腿、或者是牛排。」

「我要奶油青豆炸雞肉餅和馬鈴薯泥。」

「那是晚餐。」

「我們想吃的都是晚餐，喂，你們是這樣做生意的啊？」

「我可以替你們做火腿蛋、培根蛋、肝臟——」

「我要火腿蛋。」那個叫做艾爾的男人說。他戴著圓頂帽，黑色大衣的胸前釦子扣著。他的臉小而蒼白，嘴唇很薄，圍著絲巾戴著手套。

「給我培根蛋。」另外一個男人說，他的身材跟艾爾差不多。他們的長相不同，但穿著像是雙胞胎，兩人都穿著太小的大衣。他們傾身向前坐著，手肘撐在櫃台上。

「有什麼可以喝的？」艾爾問。

「銀牌啤酒、黑麥汁、薑汁汽水。」喬治說。

「我是說你們有什麼可以**喝**的？」

「就是我剛才說的那些。」

「這個鎮很熱，」另外一個人說：「他們說這裡叫什麼？」

「高峰。」

「聽過嗎？」艾爾問他的朋友。

「沒有。」朋友說。

「你們這裡晚上都幹什麼？」艾爾問。

「吃晚餐，」他的朋友說：「他們都來這裡吃一大頓晚餐。」

「對。」喬治說。

「所以你覺得這樣對？」艾爾問喬治。

「當然。」

「你是個很聰明的小子，是吧？」

「當然。」喬治說。

「你不是。」另外那個小個子說：「他是嗎，艾爾？」

「他很笨。」艾爾說。他轉向尼克。「你叫什麼名字？」

「亞當斯。」

「又是一個聰明的小子。」艾爾說：「他是不是個聰明的小子，麥克斯？」

「這個鎮上全是聰明的小子。」麥克斯說。

喬治把兩個盤子放在櫃台上，一盤是火腿蛋，另一盤是培根蛋。他放下兩盤炸馬鈴薯配菜，關上通往廚房的小窗。

「哪個是你的？」他問艾爾。

「你不記得嗎？」

「火腿蛋。」

「我就是個聰明的小子。」麥克斯說，傾身向前拿起火腿蛋。兩個人戴著手套吃。喬治看著他們吃。

「**你**在看什麼？」麥克斯望向喬治。

「沒什麼。」

「沒什麼才怪，你在看我。」

「這小子可能是在開玩笑，麥克斯。」艾爾說。

喬治笑起來。

「**你**用不著笑，」麥克斯對他說：「**你**完全用不著笑，知道吧？」

「那很好。」喬治說。

「所以他覺得這樣很好。」麥克斯轉向艾爾：「他覺得這樣很好。答得真好。」

「喔，他腦筋不錯。」艾爾說。他們繼續吃。

「櫃台那邊那個聰明小子叫什麼名字？」艾爾問麥克斯。

「喂，聰明小子，」麥克斯對尼克說：「你跟你男朋友一起到櫃台後面去。」

「要幹什麼？」尼克問。

「不幹什麼。」

「你最好過去，聰明小子。」艾爾說。尼克繞到櫃台後面。

「要幹什麼？」喬治問。

「干你屁事，」艾爾說：「誰在廚房裡？」

「黑鬼。」

「你說什麼黑鬼？」

「做菜的黑鬼。」

「叫他進來。」

「你以為你是誰？」

「他媽的我們很清楚自己是誰，」那個叫麥克斯的男人說：「我們看起來很蠢嗎？」

「你說話很蠢，」艾爾對他說：「你他媽的跟這個小子爭什麼？聽著，」他對喬治說：「叫那個黑鬼進來。」

「你們要把他怎麼樣？」

「不怎麼樣。用用你的腦袋，聰明小子。我們會把一個黑鬼怎麼樣？」

喬治打開通往廚房的小窗。「山姆，」他叫道：「進來一下。」

廚房的門打開了，黑鬼走進來。「什麼事？」他問。櫃台的兩個男人打量了他一下。

「好吧，黑鬼，你就站在那裡。」艾爾說。

黑鬼山姆穿著圍裙站在那裡，望著兩個坐在櫃台前的男人。「是的，先生。」他說。艾爾從高腳凳上下來。

「我要跟黑鬼和聰明小子一起到廚房去，」他說：「回廚房去，黑鬼。

你跟他一起去，聰明小子。」小個子跟著尼克和廚子山姆回到廚房裡。門在他們身後關上。那個叫做麥克斯的男人坐在櫃台前面正對著喬治。他沒有望向喬治，只望著櫃台後方的長條鏡子。亨利的簡餐店以前是酒館。

「聰明小子，」麥克斯說，望著鏡子。「你怎麼不說話？」

「這是怎麼回事？」

「喂，艾爾，」麥克斯叫道：「聰明小子想知道這是怎麼回事。」

「你何不告訴他？」艾爾的聲音從廚房傳來。

「你覺得這是怎麼回事？」

「我不知道。」

「你想會是什麼？」

麥克斯說話的時候一直看著鏡子。

「說不上來。」

「喂，艾爾，聰明小子說他說不上來他覺得這是怎麼回事。」

「我聽得到你們好嗎？」艾爾從廚房說。他用番茄醬的瓶子撐開廚房送菜的窗子。「聽著，聰明小子，」他從廚房對喬治說：「你靠櫃台過去一點站著。你往左邊移一點，麥克斯。」他像是拍團體照的攝影師一樣指揮。

「你說說看，聰明小子，」麥克斯說：「你覺得會發生什麼事？」

喬治沒有說話。

「我告訴你，」麥克斯說：「我們要殺一個瑞典人。你知道一個叫做歐力．安德森的大個子瑞典人嗎？」

「知道。」

「他每天晚上都來這裡吃飯，對不對？」

「他有時候會來。」

「他六點的時候會來這裡，對不對？」

「如果他有來的話。」

「這點我們都知道，聰明小子，」麥克斯說：「講點別的吧。你看電影嗎？」

「偶爾去。」

「你應該常去看電影，像你這種聰明小子適合看電影。」

「你們為什麼要殺歐力．安德森？他做了什麼對不起你們的事？」
「他從來沒機會對我們做任何事，他甚至沒見過我們。」
「而且他只會見到我們一次。」艾爾從廚房說。
「那你們為什麼要殺他？」喬治問。
「我們是替一個朋友殺他。只是幫朋友的忙，聰明小子。」
「閉嘴，」艾爾從廚房說：「你他媽的太多嘴了。」
「我得讓聰明小子開心啊，對不對，聰明小子？」
「你他媽的太多嘴了，」艾爾說：「黑鬼跟我的聰明小子自己就很開心。我把他們綁起來，跟兩個修道院的小妞一樣。」
「我猜你進過修道院。」
「這就不知道。」
「你進過真正的修道院，你就是從那裡來的。」
喬治抬頭看鐘。
「要是有人進來，你就跟他們說廚子不在，要是他們不肯走，你就跟他們說你進去幫他們做。聽懂了嗎，聰明小子？」

「好吧，」喬治說：「事情結束以後你要怎麼對付我們？」

「看情況，」麥克斯說：「這種事出事前永遠說不準。」

喬治抬頭看鐘。六點過一刻，大門打開了，走進來一個電車司機。

「哈囉，喬治，」他說：「我能點餐嗎？」

「山姆出去了，」喬治說：「大概半個小時以後才會回來。」

「那我去街上另外一家。」司機說。喬治看鐘。六點二十分。

「很不錯喲，聰明小子，」麥克斯說：「你是個像樣的小紳士。」

「他知道我會把他的腦袋轟掉。」艾爾從廚房說。

「不對，」麥克斯說：「不是因為那樣。聰明小子是好人，他是個好小子，我喜歡他。」

六點五十五分時喬治說：「他不會來了。」

又有兩個人來過簡餐店。喬治到廚房裡去做了一個火腿蛋三明治，讓其中一個人外帶。在廚房裡他看見艾爾坐在小窗旁邊的高腳凳上，頭上的圓頂帽往後掀，一把鋸掉槍管的霰彈槍靠在窗台旁邊。尼克和廚子背對背坐在角落，他們的嘴上各綁著一條毛巾。喬治做了三明治，用油紙包好，放進袋子裡，拿出去，那個人付了錢離開了。

「聰明小子什麼都會做，」麥克斯說：「會做菜之類的。你都可以去當人家的好太太了，聰明小子。」

「是嗎？」喬治說：「你的朋友，歐力．安德森，不會來了。」

「我們再給他十分鐘。」麥克斯說。

麥克斯望著鏡子和鐘。鐘的指針顯示七點，然後是七點五分。

「來吧，艾爾，」麥克斯說：「我們得走了，他不會來了。」

「最好再給他五分鐘。」艾爾從廚房說。

在這五分鐘內有個男人進來，喬治跟他說廚子生病了。

「你他媽的為什麼不另外找個廚子？」那個人問：「你們不是開簡餐店的嗎？」他走出去。

「來吧，艾爾。」麥克斯說。

「這兩個聰明小子跟黑鬼呢？」

「他們沒問題。」

「你覺得嗎？」

「當然，我們結束了。」

「我不喜歡這樣，」艾爾說：「不俐落。你太多嘴了。」

「喔，少來了，」麥克斯說：「我們至少開心了一下，不是嗎？」

「你還是太多嘴了。」艾爾說。他從廚房走出來。霰彈槍鋸短的槍管在他太緊的大衣下微微突出。他用戴著手套的手把大衣整好。

「再見，聰明小子，」他對喬治說：「你運氣很好。」

「這是真的，」麥克斯說：「你應該去賭馬的，聰明小子。」

他們兩個走出大門。喬治透過窗戶，望著那兩人走過弧光燈下面過街。穿著緊繃的大衣戴著圓頂帽的兩人看起來像是雜耍團員。喬治推開通往廚房的轉門，替尼克和廚子鬆綁。

「我再也不要碰到這種事了，」廚子山姆說：「我再也不要碰到這種事了。」

尼克站起來，他嘴裡以前從沒塞過毛巾。

「喂，」他說：「這是搞什麼鬼？」他試著裝出沒事的樣子。

「他們要殺掉歐力・安德森，」喬治說：「他們本來要在他進來吃飯的時候開槍把他打死。」

「歐力．安德森？」

「對。」

廚子用拇指摸摸嘴角。

「他們都走了？」他問。

「對，」喬治說：「已經走了。」

「聽著，」喬治對尼克說：「你最好去看一下歐力．安德森。」

「好吧！」

「你們最好不要管這件事，」廚子山姆說：「最好不要管。」

「你不想去就不要去。」喬治說。

「跟這種事扯上關係對你們一點好處也沒有，」廚子說：「你們不要管。」

「我去看看他，」尼克對喬治：「他住在哪裡？」

「他住在賀希的分租屋裡。」喬治對尼克說。

「我現在去。」

外面的弧光燈從光禿禿樹木枝枒間照下來。尼克沿著街旁的車道走到下一盞弧光燈的所在，轉進巷子裡。巷子裡第三棟房子就是賀希的分租屋。尼克走上兩階台階，按了門鈴。一個女人來應門。

「歐力·安德森在嗎？」

「你要找他嗎？」

「對，如果他在的話。」

尼克跟著那個女人走上樓梯，到走廊的最末端。她敲門。

「誰？」

「有人來找你，安德森先生，」女人說。

「我是尼克·亞當斯。」

「進來。」

尼克開門走進房間。歐力·安德森和衣躺在床上。他曾經是重量級職業拳擊手，這張床對他顯短了。他的頭枕著兩個枕頭，沒有望向尼克。

「什麼事？」他問。

「剛剛我在亨利的店裡，」尼克說：「兩個傢伙進來把我跟廚子綁起來，他們說要殺了你。」

這話說出口聽起來很蠢，歐力・安德森沒有回話。

「他們把我們關在廚房裡，」尼克繼續說：「他們本來要在你去吃晚飯的時候把你打死的。」

歐力・安德森看著牆壁，沒有說話。

「喬治覺得我最好來跟你說一聲。」

「說了我也不能怎麼樣。」歐力・安德森說。

「我可以告訴你他們長什麼樣子。」

「我不想知道他們長什麼樣子。」歐力・安德森說，他看著牆壁。「謝謝你過來告訴我。」

「沒問題。」

尼克望著躺在床上的大個子。

「你不要我去找警察嗎？」

「不要，」歐力・安德森說：「那一點用也沒有。」

「我能做什麼嗎？」

「不能。做什麼都沒用。」

「或許他們只是要嚇唬你。」

「不是，他們不是嚇唬我。」

歐力．安德森翻身朝向牆壁。

「唯一的問題是，」他對著牆壁說：「我下不了決心出門。我一整天都在這裡。」

「你不能現在離開鎮上嗎？」

「不能，」歐力．安德森說：「我不要再逃跑了。」

他望著牆壁。

「現在已經沒有任何事能做了。」

「你不能想想辦法補救嗎？」

「不能，我已經錯了。」他用同樣平板的聲音說：「沒有任何事可做，再過一會兒我就會下定決心出門。」

「我最好回去找喬治。」尼克說。

「再見。」歐力．安德森說，他沒有轉身看尼克。「謝謝你過來。」

尼克走出去。他關門時看見歐力・安德森穿著一身外出衣服躺在床上望著牆壁。

「他整天都在房間裡，」房東太太在樓下說：「我猜他不舒服。我跟他說：『安德森先生，今天秋高氣爽，你應該出去散散步。』但是他不想散步。」

「他不想出門。」

「他不舒服我很難過，」那個女人說：「他是個大好人。你知道他以前打拳擊。」

「我知道。」

「要不是看他的臉你根本看不出來。」那個女人說。他們站在通往街上的大門裡說話。「他非常溫和。」

「晚安，賀希太太。」尼克說。

「我不是賀希太太，」那個女人說：「她是屋主。我只是替她管理。我是貝爾太太。」

「那麼貝爾太太，晚安。」尼克說。

「晚安。」那個女人說。

尼克沿著黑暗的巷子走到弧光燈下的轉角，然後沿著車道走回亨利的簡餐店。喬治在店裡，在櫃台後面。

「看見歐力了嗎？」

「嗯，」尼克說：「他在房間裡，不肯出門。」

廚子聽到尼克的聲音，從廚房那側打開門。

「我連聽都不要聽。」他說著把門關上。

「你跟他說了嗎？」喬治問。

「當然，我告訴他了，但他都知道。」

「他要怎麼辦？」

「不怎麼辦。」

「他們會殺了他。」

「大概會吧。」

「他一定是在芝加哥惹了麻煩。」

「大概是吧。」尼克說。

「真是糟糕。」

「糟糕透頂。」尼克說。

他們沒有再說話。喬治伸手到下面拿毛巾擦櫃台。

「我想知道他幹了什麼?」尼克說。

「出賣了某個人吧，所以他們才要殺他。」

「我要離開這裡。」尼克說。

「嗯，」喬治說：「你這麼做也好。」

「一想到明知道有人要殺他，他卻在房間裡等著，我實在受不了。真他媽的讓人受不了。」

「這個嘛，」喬治說：「你最好不要去想。」

祖國對你而言是什麼？

山路路面堅硬且平整，清晨時不見塵埃四起。下方山坡是橡樹和栗子樹林，海在更遙遠的下方。山路另一側是積雪的山脈。

我們沿著山路穿越樹林下來。路邊堆著成袋的木炭，我們在林間看見燒木炭的人的小屋。這是個星期天，山路雖然有起有伏，但確實一路往下，穿越樹叢和村落。

村落外的田地種著葡萄，田地是褐色的，葡萄藤粗而密集。房子是白色的，街上的人穿著星期天的好衣服在玩木球。有些房屋的牆邊有梨子樹，樹枝映著白牆像燭台一樣。梨子樹噴了殺蟲劑，牆壁被殺蟲劑染成金屬般的藍綠色。村落周圍都有小小的空地種著葡萄藤，接著就是樹林。

位於斯佩齊亞北邊二十公里的一個村落裡，廣場上聚集了一群人，一個拎著行李箱的年輕人走到我們的車旁，要我們載他去斯佩齊亞。

「車上只有兩個位子，都有人了。」我說。我們開一輛福特的老式雙座車。

「我可以站在車門邊。」

「那樣很不舒服。」

「那沒什麼，我一定要去斯佩齊亞。」

「要載他嗎？」我問蓋伊。

「他好像一定要去。」蓋伊說。年輕人從窗口遞了一個包裹進來。

「看著這個。」他說。兩個人過來把他的行李箱綁在車子後面，疊在我們的行李上。他跟每一個人握手，解釋說身為法西斯黨員和他這樣慣於旅行的人，站在車邊並不會不舒服。他踏上車子左邊的腳踏板，右手伸進打開的車窗，抓住車子裡面。

「你們可以出發了。」他說。群眾揮手，他揮了揮空著的那隻手。

「他說什麼？」蓋伊問我。

「說我們可以出發了。」

「他人可真好對吧？」蓋伊說。

山路沿著河流而行，河對岸是山脈。太陽蒸發了草地上結的霜，天氣晴朗寒冷，風從打開的擋風玻璃灌進來。

「你想他站在外面感覺怎麼樣？」蓋伊望向前方的路，他那一邊的視線被我們的客人擋住了。年輕人像船頭的雕像一樣矗立在車邊。他把大衣領子豎起來，拉低帽子，他的鼻子在寒風中看起來很冷。

「或許他會受不了，」蓋伊說：「我們的爛輪胎在那一側。」

「喔，要是我們爆胎的話他會離開，」我說：「他不會弄髒旅行衣服的。」

「我是不在乎他啦，」蓋伊說：「只不過轉彎的時候他那樣傾斜很危險。」

我們通過了樹林，山路離開了河流往上攀升，散熱器蒸騰，年輕人惱怒又疑心地望著蒸汽和鐵鏽色的水。引擎發出傾軋聲，蓋伊的腳踩著一檔踏板，往上、往上，往後往前，再往上，終於離開了坡地。傾軋聲停止了，在新的寂靜中散熱器發出咕嘟咕嘟的沸騰聲。我們到了斯佩齊亞和海面上方最後的山頂，山路以短短的連續彎道急轉而下。我們的客人在轉彎時傾斜，幾乎把頭重腳輕的車子拉翻了。

「你沒辦法叫他不要這樣，」我對蓋伊說：「這是他的自保本能。」

「偉大的義大利本能。」

「偉大的義大利本能。」

我們繞著彎路下山，穿越漫天塵埃，灰塵都積在橄欖樹上。斯佩齊亞在我們下方的海邊。接近城市時道路平坦起來，我們的客人把頭探進窗內。

「我要停車。」

「停車。」我對蓋伊說。

我們放慢車速開到路邊。年輕人下了車，到後面去解開他的行李箱。

「我在這裡下車，這樣你們才不會因為載了人惹上麻煩，」他說：「我的包裹。」

我把包裹遞給他。他把手伸進口袋裡。

「我欠你們多少錢？」

「不用錢。」

「為什麼？」

「我不知道。」我說。

「那就謝了。」年輕人說。不是「謝謝你們」，或是「非常感謝」，或是「感激不盡」，這些都是在義大利有人遞給你時刻表或是告訴你路怎麼走時你會說的話。年輕人用了表示感謝最低等級的字眼，蓋伊發動車子時他還充滿疑心地看著我們。我對他揮手，他太有尊嚴不會回應。我們進入斯佩齊亞。

「這個年輕人可以在義大利走長遠的路。」我對蓋伊說。

「好吧，」蓋伊說：「他跟著我們一起走了二十公里。」

斯佩齊亞的一餐

到了斯佩齊亞我們找地方吃東西。街道很寬，高聳的房子外牆色黃。我們沿著電車軌道來到了市中心。房子的牆壁上到處印著雙眼圓睜的墨索里尼肖像，還有手寫的「萬歲」，兩個V字的黑色油漆沿著牆壁往下滴。好幾條小街通往港口。天氣很好，大家都趁星期天出門。石頭路面灑了水，塵土上有濕濕的痕跡。我們開到路邊避開電車。

「找個簡單的地方吃。」蓋伊說。

我們停在兩家餐廳的招牌對面，站在對街，我先買報紙。兩家餐廳並排開著。有個女人站在其中一家的門口，對我們微笑。我們過街走進去。

裡面很暗，房間後面的桌位坐著三個女孩跟一個老女人。我們對面另外一個桌位坐著一個水手，他並不是在用餐。再往後面有一個穿著藍色西裝的年輕人在寫東西。他的頭髮抹了髮臘閃閃發光，打扮得非常瀟灑俐落。

光線從門口照射進來，窗邊擺設著蔬菜、水果、牛排和豬排。一個女孩過來替我們點菜，另一個女孩站在門口。我們注意到她的家居服下什麼都沒穿。在我們看菜單的時候，替我們點菜的女孩用一隻手臂摟著蓋伊的脖子。總共有三個女孩，輪流去站在門口。坐在房間後面桌位的老女人跟她們說話，她們再度跟她坐在一起。

屋裡只有一扇通往廚房的門，門口掛著簾子。替我們點菜的女孩從廚房端著義大利麵回來。她把麵放在桌子上，拿來一瓶紅酒。在桌邊坐下。

「好啦，」我對蓋伊說：「你想在簡單的地方吃東西的。」

「這不簡單，這很複雜。」

「你們在說什麼？」女孩問：「你們是德國人嗎？」

「德國南方人。」我說：「德國南方人溫和又可親。」

「聽不懂。」她說。

「這個地方是怎麼回事？」蓋伊問：「我一定要讓她摟著我的脖子嗎？」

「當然，」我說：「墨索里尼廢除了妓院，這裡成了餐廳。」

那個女孩穿著一件式的洋裝。她上前靠著桌子，把雙手放在胸脯上微笑。她的笑容從某一側看起來比另一側好看。她把好看的那側轉向我們，微笑的時候鼻樑側影像是溫暖的臘被撫平一樣光滑，增添了好看的那側的魅力。然而她的鼻子非常冰冷堅硬，並不像溫暖的臘，只不過很光滑。

「你喜歡我嗎？」她問蓋伊。

「他愛慕妳，」我說：「但他不會說義大利話。」

「我會說德文。」她撫摸蓋伊的頭髮。

「用你的母語跟這位小姐說話，蓋伊。」

「你們從哪裡來的？」這位小姐問。

「波茨坦。」

「你們要在這裡待一陣子嗎？」

「待在可愛的斯佩齊亞嗎？」我問。

「跟她說我們要走了，」蓋伊說：「告訴她我們生了重病，而且沒有錢。」

「我的朋友討厭女人，」我說：「他是個討厭女人的德國佬。」

「跟他說我愛他。」

我跟他說了。

「你閉嘴好讓我們離開這裡好嗎？」蓋伊說。那位小姐用另一隻手臂摟住他的脖子。「跟他說他是我的。」

我跟他說了。

「你讓我們離開這裡好嗎？」

「你們在吵架，」那位小姐說：「你們不愛對方。」

「因為我們是德國人，」我驕傲地說：「德國南方佬。」

「告訴他他是個大帥哥。」這位小姐說。蓋伊三十八歲，他以自己在法國被當成旅行推銷員自豪。「你是個大帥哥。」我說。

「誰說的？」蓋伊問：「你還是她？」

「她說的，我只是你的口譯。這不是你要我跟你一起旅行的原因嗎？」

「我很高興是她說的，」蓋伊說：「我不想把你也留在這裡。」

「我不知道，斯佩齊亞是個好地方。」

「斯佩齊亞，」這位小姐說：「你們在說斯佩齊亞。」

「好地方。」我說。

「這是我的祖國，」她說：「斯佩齊亞是我的故鄉，義大利是我的祖國。」

「她說義大利是她的祖國。」

「跟她說這裡才像是她的祖國。」蓋伊說。

「你們有什麼甜點？」我問。

「水果，」她說：「我們有香蕉。」

「香蕉不錯，」蓋伊說：「香蕉有皮蓋著。」

「喔，他要香蕉。」這位小姐說。她擁抱蓋伊。

「她說什麼？」他問，一直扭頭避開她。

「她很高興你要香蕉。」

「告訴她我不要香蕉。」

「先生不要香蕉。」

「啊，」這位小姐沮喪地說：「他不要香蕉。」

「告訴她我每天早上都洗冷水澡。」蓋伊說。

「先生每天早上都洗冷水澡。」

「不懂。」這位小姐說。

我們對面那個水手動都沒動過，這裡沒有任何人搭理他。

「我們要帳單。」我說。

「喔，不行，你們一定要留下來。」

「聽著，」那個坐在桌邊寫字的俐落年輕人說：「讓他們走。這兩個傢伙不值半毛錢。」

這位小姐握住我的手。「你不留下來嗎？你不叫他留下來嗎？」

「我們得走了，」我說：「我們今天晚上得到比薩，如果可能的話，要去佛羅倫斯。我們晚上可以在那些城市裡找樂子。現在是白天。白天我們得趕路。」

「再待一會兒也好。」

「趕路必須在白天。」

「聽著，」那個俐落的年輕人說：「不要費力跟那兩個傢伙說話了。我告訴妳他們不值半毛錢，我看得出來。」

「給我們帳單。」我說。她從老女人那裡拿了帳單，回來坐在桌邊。另一個女孩從廚房進來。她走過房間到門口站著。

「不用管這兩個傢伙了，」俐落的年輕人用厭倦的聲音說：「過來吃飯。他們不值半毛錢。」

我們付了帳單站起來。所有的女孩、老女人跟俐落的年輕人都坐在同一桌。店裡的水手捧著腦袋坐著，我們在吃午餐的時候沒有人跟他說過話。女孩把老女人算好的零錢找給我們，然後回去桌邊坐下。我們把小費留在桌上後離開。當我們坐進車裡準備離開時，女孩走出來站在門口。我們發動車子，我對她揮手。她沒有揮手，只站在那裡目送我們。

下過雨後

車經過熱那亞市郊的時候雨下得很大，雖然我們跟在電車和卡車後面慢慢開，但泥水還是濺到人行道上，所以行人看見我們開過來都紛紛退回房屋門口。熱那亞外圍的工業城桑皮耶達雷納有一條雙車道的大街，我們開到中間，以免把泥水濺到下班回家的行人身上。我們的左手邊是地中海。大海波濤洶湧，風把泡沫吹到車上。剛進入義大利時經過的河床寬闊、多石且乾燥，但現在河水滾滾成了棕色，水漲到岸邊。棕色的河水讓海水也變了色，隨著波浪破碎而稀釋，陽光照在黃色的海水，風切過的浪頭則颳到路面上。

一輛大車超越我們，開得很快，濺起一大片泥水打在我們的擋風玻璃和散熱器上。自動雨刷來回擺動，一併把泥水塗在玻璃上。我們在塞斯特里停下來吃午餐。餐廳沒有暖氣，我們穿著大衣戴著帽子，透過窗戶就能看得到外面的車子。車子上全是泥巴，旁邊有幾艘拖上岸來好讓浪打不到的船隻。你可以在餐廳裡可以看見自己呼出的氣。

義大利麵很不錯；酒喝起來有明礬味，我們加了水。之後侍者端來牛排和炸馬鈴薯。餐廳的另一端坐著一男一女。他是中年人，她穿著黑衣，年紀很輕。吃飯的時候她一直在寒冷潮濕的空氣中吐氣。那個男人望著她吐的氣搖頭。吃飯時兩人沒有說話，男人在桌下握著她的手。她很好看，他們似乎非常哀傷。他們帶著行李。

我們帶了一份報紙，我大聲唸上海事變的報導給蓋伊聽。吃完飯後，他跟侍者去找一個不在餐廳裡的地方，我用抹布清理擋風玻璃、車燈和車牌。蓋伊回來了，我們把車倒出來上路。侍者剛剛帶他過了馬路，進入一間老房子。房子裡的人都充滿疑心，侍者一直跟著蓋伊，唯恐東西被偷。

「我又不是水電工人，我不知道他們為什麼以為我會偷東西。」蓋伊說。

我們開到鎮外的峽角，風差點把我們的車子吹翻了。

「幸好風是把我們往陸地方向吹。」蓋伊說。

「是啊，」我說：「雪萊就是在這附近淹死的。」

「那是在維亞雷焦附近，」蓋伊說：「你記得我們為什麼要來這個國家嗎？」

「記得，」我說：「但是我們沒拿到。」

「我們今天晚上就會離開了。」

「要是我們經過文蒂米利亞的話。」

「看著辦吧，我不想在晚上沿著這條海岸線開車。」現在中午剛過，就沒太陽了。海岸下方藍色大海上，白色浪花不斷衝向薩沃納，我們後方海角過去，就是藍色海水和棕色河水會合的地方。我們前方則有一艘不定期貨輪沿著海岸行駛。

「你還看得到熱那亞嗎？」蓋伊問。

「喔，看得到。」

「下一個大峽角就會遮住它了。」

「我們還可以看很久呢，我還能看見它後面的芬諾角。」最後終於看不到熱那亞了。我們繞出來的時候我回頭看，眼前只有大海，下方的港灣邊是海灘和漁船，上方的山坡有一個小鎮，且前面有更多的峽角。

「已經看不見了，」我對蓋伊說。

「喔，已經看不見很久了。」

「但是我們得離得很遠才能確定。」

一個標示著S型彎道的圖樣，寫著「彎道危險」。路沿著峽角轉彎，風從擋風玻璃的縫隙吹進來。峽角下方的海邊有一塊平坦的地方。風把泥水吹乾了，輪胎開始揚起塵埃。我們在平坦的路上從一個騎著腳踏車的法西斯黨員旁邊經過，他背上的槍袋裡有一把沉重的左輪手槍，腳踏車騎在路中央，我們繞到旁邊避開他。經過時他抬頭看我們。前方有個平交道，在我們接近時柵欄放了下來。

我們等待的時候法西斯黨員騎著腳踏車趕上來。火車通過了，蓋伊發動引擎。

「等一等，」騎腳踏車的人在車子後面叫道：「你們的車牌很髒。」

我拿著抹布下車。車牌在午餐的時候才擦過。

「還是看得出號碼。」我說。

「你覺得是這樣嗎？」

「你看啊！」

「我看不出來。車牌很髒。」

我用抹布擦拭。「這樣呢？」

「二十五里拉。」

「什麼？」我說：「你明明看得到，路況不好車牌才會弄髒。」

「你不喜歡義大利的路況？」

「路很髒。」

「五十里拉。」他朝路面吐口水。「你們的車子很髒，你們也很髒。」

「好吧，給我收據，上面要有你的名字。」

他拿出一本收據，兩邊格式相同還打了洞，這樣就可以撕下一邊給客人，另外一邊留著當存根。並沒有複寫紙紀錄客人的單子上寫了什麼。

「給我五十里拉。」

他用不能擦掉的筆寫字，撕下那張紙遞給我。我看上面寫了什麼。

「這是二十五里拉的收據。」

「我弄錯了。」他說，把二十五改成五十。

「另外一邊也要改，你的存根上也要改成五十。」

他給我一個美麗的義大利笑容，在存根上寫了些什麼，擋著讓我看不到。

「走吧，」他說：「趁你們的車牌還沒被弄髒。」

我們在天黑之後開了兩小時，那天晚上在芒通過夜。那裡非常愉快、乾淨、理性、可親。我們從文蒂米利亞開到比薩和佛羅倫斯，越過羅馬涅到里米尼，回頭經由弗利、伊莫拉、波隆那、帕馬、皮亞琴查和熱那亞，然後再回到文蒂米利亞。這次旅程只花了十天。當然在這麼短的時間內，我們沒有機會看見這個國家跟人民到底是什麼樣子。

五萬塊

「你狀況怎麼樣，傑克？」我問他。

「你見過這個沃考特嗎？」他說。

「只在健身房見過。」

「好吧，」傑克說：「我需要很走運才能對付那個小子。」

「他打不中你的，傑克。」索吉爾說。

「我他媽的希望他不要。」

「他那種繡花拳打不中你的。」

「繡花拳就沒關係，」傑克說：「我不在乎繡花拳。」

「他看起來很容易被打中。」我說。

「當然，」傑克說：「他撐不了多久的。他不會像你和我一樣能撐，傑瑞。但是現在他什麼都有。」

「你會用左拳把他打死。」

「或許吧，」傑克說：「當然啦，我有機會。」

「像你對付路易斯小子那樣對付他。」

「路易斯小子，」傑克說：「那個猶太佬！」

我們三個人，傑克・布倫南、索吉爾・巴列特和我，都在哈德利的店裡。兩個馬子坐在我們旁邊桌位，喝著酒。

「猶太佬是什麼意思？」其中一個馬子說：「愛爾蘭大塊頭，猶太佬是什麼意思？」

「沒錯，」傑克說：「就是這意思。」

「猶太佬，」這個馬子繼續說：「這些愛爾蘭大塊頭總是說猶太佬，猶太佬到底是什麼意思？」

「來吧，我們走吧。」

「猶太佬，」這個馬子繼續說：「誰看見你們叫過一杯酒？你們的老婆每天早上都把你們的口袋縫起來。去他們這些愛爾蘭人跟他們叫的猶太佬？泰德・路易斯通通把你們幹掉。」

「當然，」傑克說：「妳們也提供各種免費服務，對吧？」

我們走出去。傑克就是這樣，他想說什麼就說什麼。

傑克一開始是在丹尼・賀根的療養農莊受訓。那裡環境很好，但傑克不怎麼喜歡。他不喜歡跟老婆孩子分開，而且他大部分時間都脾氣很壞，心情很糟。他喜歡我，我們處得很好，他也喜歡賀根，但過了一陣子索吉爾．巴列特開始惹他不高興。在訓練營裡，喜歡開玩笑的傢伙說了不好笑的笑話，麻煩就來了。索吉爾總是在開傑克的玩笑，幾乎是不停的。他的玩笑不怎麼好笑，也不有趣，傑克開始覺得煩。比方像這樣的事情，當傑克做完重量和沙袋訓練，戴起手套的時候：

「你想練一下嗎？」他會對索吉爾說。

「當然，你要我怎麼訓練你？」索吉爾會問：「要像沃考特一樣痛宰你嗎？要我連續把你打趴嗎？」

「就是這樣。」傑克會說，雖然他其實不喜歡。

有一天早上我們一起出門。我們走了很遠，正在折回來的途中。我們會先跑三分鐘，然後走一分鐘，接著再跑三分鐘。傑克從來就不是所謂的短跑手。要是有必要的話他在拳擊場上可以動作迅速，但他在路上跑不了太快，一路上索吉爾都在取笑他。我們走上山坡到農莊。

「好啦，」傑克說：「你應該回城裡去了，索吉爾。」

「什麼意思？」

「你應該回城裡去待著。」

「怎麼了？」

「聽你說話我很不舒服。」

「是嗎？」索吉爾說。

「是的。」傑克說。

「等沃考特對付你，你就會更不舒服了。」

「當然，」傑克說：「可能結果是這樣。但是你讓我不舒服。」

於是當天早上索吉爾搭火車離開了。我送他到車站，他非常不高興。

「我只是跟他開玩笑，」他說。我們在月台上等待。「他不能這樣對我，傑瑞。」

「他緊張又暴躁，」我說：「但他是個好人，索吉爾。」

「才怪。他從來就不是個好人。」

「好吧，」我說：「再見了，索吉爾。」

火車進站了，他帶著行李上車。

「再見，傑瑞，」他說：「你會在比賽前進城來？」

「應該不會。」

「那就到時候見。」

他上了車，列車長揮動旗子，火車開走了。我搭著運貨馬車回農莊。傑克在門廊上寫信給他老婆。郵差來過了，我拿著報紙到門廊另一端去坐著看報。賀根從門口出來走向我。

「他跟索吉爾幹架了嗎？」

「不是幹架，」我說：「他只是要他回城裡去。」

「我就知道，」賀根說：「他從來就不怎麼喜歡索吉爾。」

「對。很多人他都不喜歡。」

「他是個冷淡的傢伙。」賀根說。

「他一直對我很好。」

「對我也是，」賀根說：「我對他沒什麼好抱怨。但他還是很冷淡。」

賀根打開紗門進去，我坐在門廊上看報。天氣開始入秋，澤西這裡的山上很舒服。看完報紙之後我坐著眺望周圍的景色，看著下方樹林邊的道路和路上揚起塵埃的車輛。天氣很好，景色也漂亮。賀根走到門口，我說：「喂，賀根，這裡有什麼獵物可打嗎？」

「沒有，」賀根說：「只有麻雀。」

「你看到報紙了嗎？」我對賀根說：「那是怎麼回事？」

「山堤昨天騎了三匹都贏了。」

「我昨天晚上就接到電話了。」

「你很注意這些消息啊？賀根。」我問。

「喔，我都跟他們保持聯繫。」賀根說。

「傑克呢？」我說：「他還玩嗎？」

「他？」賀根說：「你能想像他玩嗎？」

就在這時候傑克拿著信繞過轉角走過來。他穿著一件毛衣，一條舊褲子和拳擊鞋。

「有郵票嗎，賀根？」他問。

「把信給我，」賀根說：「我替你寄。」

「喂，傑克，」我說：「你以前不是賭馬嗎？」

「當然啊！」

「我就知道，我以前常在羊頭灣看到你。」

「你為什麼不玩了？」賀根問。

「輸錢。」

傑克坐在我旁邊的地上，往後靠著門廊的柱子。他在陽光下閉上眼睛。

「要椅子嗎？」賀根問。

「不用，」傑克說：「這樣就好。」

「今天天氣很好，」我說：「鄉下很舒服。」

「我寧可跟我老婆一起在城裡。」

「你只要再待一個星期。」

「對，」傑克說：「沒錯。」

我們坐在門廊上，賀根進辦公室去了。

「你覺得我狀況怎樣？」傑克問我。

「這個嘛，說不準，」我說：「你還有一個星期可以鍛鍊。」

「不要敷衍我。」

「好吧，」我說：「你不太對勁。」
「我睡不著。」傑克說。
「過兩天就好了。」
「不會，」傑克說：「我有失眠症。」
「你在擔心什麼？」
「我想我老婆。」
「叫她過來。」
「不要，我太老了不能這樣。」
「你睡覺前我們去散步，這樣你就會累了。」
「累！」傑克說：「我一直都很累。」
他整個星期都這副德性，晚上睡不著，早上起來也這個模樣，當你不能握拳時就知道。
「他跟濟貧院的糕餅一樣陳了，」賀根說：「他不行了。」
「我從來沒看過沃考特。」我說。
「他會幹掉他，」賀根說：「他會把他撕成兩半。」

「好吧，」我說：「大家總有一天都會不行的。」

「但是不是像他這樣，」賀根說：「他們會以為他沒練好。我們農莊面子掛不住。」

「你聽到記者怎麼說他了嗎？」

「怎麼會沒聽到！他們說他糟透了，還說根本不應該讓他上場。」

「好吧，」我說：「他們總是說錯，不是嗎？」

「是，」賀根說：「但是這次他們說對了。」

「他們怎麼知道人家狀況是好是壞？」

「這個嘛，」賀根說：「他們沒那麼蠢。」

「他們在托雷多選了威拉德。這個叫做拉德納的傢伙現在可了不起了，問他他在托雷多選了威拉德的事。」

「喔，他沒去，」賀根說：「他只替大賽寫報導。」

「我不在乎他們是什麼人，」我說：「他們知道個屁？他們或許會寫報導，但是他們知道個屁？」

「你認為傑克的狀況不行，對不對？」賀根問。

「對，他不行了。他只需要柯爾貝特寫他會贏，一切就結束了。」

「好吧，柯爾貝特會選他的。」賀根說。

「當然，他一定會選他。」

那天晚上傑克也睡不著，第二天早上就是比賽前的最後一天了。早餐後我們再度來到門廊上。

「你睡不著的時候都在想什麼，傑克？」我說。

「喔，我老是擔心，」傑克說：「擔心我在布朗克斯的房地產，擔心我在佛羅里達的房地產，擔心孩子們，擔心我老婆。有時候我會想比賽的事。想到那個猶太佬泰德．路易斯，我就不爽。我有一點股票，我也擔心那個。我他媽的有什麼不擔心的？」

「好吧，」我說：「反正到明天晚上就都結束了。」

「當然，」傑克說：「這樣說總是很有幫助，對不對？只要說比完就都沒事了。」

他整天都顯得不悅，我們完全沒練習。傑克稍微活動了一下筋骨，對空打了幾回合，就連這樣他看起來都不行。他跳繩，跳了一會兒，但沒辦法流汗。

「他乾脆完全別練了。」賀根說，我們站著看他跳繩。「他是不是已經不流汗了？」

「他沒辦法流汗。」

「你覺得他是不是肺不好？他維持體重從來沒問題不是嗎？」

「對。他的肺好得很，他只是沒有幹勁而已。」

「他應該流汗。」賀根說。

傑克跳著繩過來。他在我們面前跳上跳下，往前往後，每跳兩次雙手就交叉一次。

「喂，」他說：「你們這些禿鷹在講什麼？」

「我覺得你不應該再練下去了，」賀根說：「你會沒力氣的。」

「那樣豈不是糟糕了嗎？」傑克說著跳著繩走開，將繩子用力打在地上。

那天下午約翰．柯林斯到農莊來了。傑克在樓上房間，約翰從城裡開車過來。他帶著兩個朋友，車子停下來，他們都下了車。

「傑克呢？」約翰問我。

「在樓上房間裡躺著。」

「躺著？」

「對。」我說。

「他狀況如何？」

我望著跟約翰一起來的兩個傢伙。

「他們是他的朋友。」約翰說。

「他滿糟的。」

「怎麼了？」

「他不睡覺。」

「該死，」約翰說：「那個愛爾蘭人從來不睡覺。」

「他不對勁。」我說。

「該死，」約翰說：「他從來都沒對勁過。他跟我十年了，從來都沒對勁過。」

跟他一起來的兩個傢伙笑起來。

「我要你跟摩根先生和史坦菲爾德先生握手，」約翰說：「這是道爾先生。他訓練傑克。」

「很高興見到你們。」我說。

「我們上去看這小子。」叫摩根的傢伙說。

「我們去看看他。」史坦菲爾德說。

我們全都上樓去。

「賀根呢？」約翰問。

「他在穀倉裡跟幾個顧客在一起，」我說。

「他這裡現在有很多人嗎？」約翰問。

「只有兩個。」

「挺安靜的，是吧？」摩根說。

「是的，」我說：「挺安靜的。」

我們在傑克的房間外面。約翰敲門，沒有人回答。

「或許他睡著了。」我說。

「他大白天睡他媽的睡什麼覺？」

約翰轉動門把，我們都進房去。傑克躺在床上睡覺，臉朝下埋在枕頭裡，兩條手臂摟著枕頭。

「嗨，傑克！」約翰對他說。

傑克的腦袋在枕頭上動了一下。「傑克！」約翰說，靠向他。傑克又埋進枕頭裡一點。約翰碰他的肩膀，傑克坐起來望著我們。他沒有刮鬍子，穿著一件舊毛衣。

「老天爺！你為什麼不讓我睡覺？」他對約翰說。

「不要這麼暴躁，」約翰說：「我不是故意叫醒你的。」

「不是，」傑克說：「你當然不是。」

「你認識摩根和史坦菲爾德。」約翰說。

「很高興見到你們。」傑克說。

「你覺得怎麼樣，傑克？」摩根問他。

「很好，」傑克說：「我他媽的還能覺得怎樣？」

「你看起來很好。」史坦菲爾德說。

「可不是嗎？」傑克說。「喂，」他對約翰說：「你是我的經紀人，你抽好大一成，那些記者出現的時候你他媽的怎麼不出來？你要傑瑞跟我和他們說話嗎？」

「我跟路易有一場比賽在費城。」

「那干我屁事？」傑克說：「你是我的經紀人，你分好大一成，不是嗎？你在費城並沒替我賺半毛錢，不是嗎？你他媽的人應該在我這裡的時候為什麼不在？」

「賀根在啊！」

「賀根，」傑克說：「賀根和我一樣笨。」

「索吉爾．巴列特在這裡陪你一起練了一陣子，不是嗎？」史坦菲爾德改變話題。

「對，他是在這裡，」傑克說：「他是在這裡沒錯。」

「喂，傑瑞，」約翰對我說，「你去找賀根，告訴他我半小時之後要見他好嗎？」

「當然。」我說。

「他為什麼不能留下來？」傑克說：「留下來，傑瑞。」

摩根和史坦菲爾德互看了一眼。

「不要激動，傑克。」約翰對他說。

「我最好去找賀根。」我說。

「好吧，如果你想去的話，」傑克說：「但是這些傢伙沒有人可以叫你走。」

「我會去找賀根。」我說。

賀根在穀倉的健身房裡。療養農莊的兩個顧客正戴著拳擊手套，他們倆都不想打對方，因為怕對方會反擊。

「到此為止，」賀根看見我進來馬上說：「你們可以停止屠殺了。兩位紳士去沖個澡，布魯斯會替你們按摩。」

他們從繩子的間隙中爬出來，賀根走向我。

「約翰．柯林斯帶了兩個朋友來看傑克。」我說。

「我看見他們開車上來。」

「跟約翰一起來的兩個傢伙是什麼人？」

「他們是所謂的簽賭客，」賀根說：「你不認識那兩個人嗎？」

「不認識。」我說。

「那是哈皮．史坦菲爾德和路易．摩根，他們有一間彈子房。」

「我離開了很久。」我說。

「是啊，那個哈皮．史坦菲爾德生意做得很大。」

「我聽說過他。」我說。

「他是個厲害狠角色，」賀根說：「他們倆都是投機客。」

「好吧，」我說：「他們半小時後要見我們。」

「你是說他們現在不想見到我們，要等半小時以後？」

「對。」

「到辦公室來，」賀根說：「那些投機客可以去死。」

過了大概三十分鐘後，賀根和我上樓去。我們敲傑克的房門，他們在房間裡說話。

「等一下。」有人說。

「去死吧，」賀根說：「你們要見我的話，我在樓下辦公室裡。」

我們聽見開門鎖的聲音，史坦菲爾德打開門。

「進來，賀根，」他說：「我們正要喝一杯。」

「好吧，」賀根說：「這倒不錯。」

我們走進去。傑克坐在床上，約翰和摩根坐在兩張椅子上，史坦菲爾德站著。

「你們還真神秘。」賀根說。

「哈囉，丹尼。」約翰說。

「哈囉，丹尼。」摩根說著跟他握手。

傑克沒有說話。他坐在床上，跟其他人不交談，完全自己一個人。他穿著藍色的舊上衣、一條長褲和拳擊鞋。他需要刮鬍子。史坦菲爾德和摩根都很注重打扮，約翰也很注重打扮，傑克坐在那裡看起來就是個粗獷的愛爾蘭人。

史坦菲爾德拿出一瓶酒，賀根拿了幾個杯子進來，每個人都喝了。傑克和我各喝了一杯，其他人都喝了兩三杯。

「最好留一點在回去的路上喝。」賀根說。

「不用擔心，我們有很多。」摩根說。

傑克喝了那一杯之後就沒有再喝，他站著看他們。摩根坐在傑克之前坐的床上。

「喝一杯，傑克。」約翰說著把杯子和酒瓶遞給他。

「不了，」傑克說：「我從來就不喜歡參加守靈。」

他們都笑起來b2傑克沒有笑。

他們離開時心情都很好。上車時傑克站在門廊上，他們跟他揮手。

「再見。」傑克說。

我們吃了晚飯。傑克吃晚飯時只說：「你把那個遞給我好嗎？」要不就是：「你把這個遞給我好嗎？」療養農場的兩個客人跟我們同桌吃飯。他們都是好人，我們吃完飯後移到門廊上。天黑得很早。

「要去散步嗎，傑瑞？」傑克說。

「當然。」我說。

我們穿上外套走出去。往下到大路上頗有一段距離，然後我們沿著大路走了一哩半左右。不斷有車子經過，我們閃到旁邊讓車通過。傑克沒有說話。我們走到樹叢裡讓一輛大車通過時，傑克說：「散個屁的步，我們回賀根那裡去吧！」

我們沿著山坡上穿越樹林的小徑回到賀根那裡，看見山坡上方房子的燈光。我們走到房子前面，賀根站在門口。

「散步愉快嗎？」賀根問。

「喔，很好，」傑克說：「喂，賀根。你有酒嗎？」

「當然，」賀根說：「你想做什麼？」

「拿到樓上房間來，」傑克說：「我今天晚上要睡覺。」

「你說了算。」賀根說。

「到房間裡來，傑瑞。」傑克說。

傑克坐在樓上床上捧著頭。

「這世道就是這樣。」傑克說。

賀根拿來一夸脫酒和兩個杯子。

「要一點薑汁汽水嗎？」

「你以為我幹嘛，病人嗎？」

「我只是問問。」賀根說。

「來一杯？」傑克說。

「不，謝了。」賀根說。他走出去。

「你呢，傑瑞？」

「我跟你喝一杯。」我說。

傑克倒了兩杯酒。「好了，」他說：「我想慢慢喝。」

「加點水。」我說。

「嗯，」傑克說：「我猜那樣比較好。」

我們默默地喝了幾杯，傑克又要替我倒。

「不了，」我說：「我這樣就夠了。」

「好吧。」傑克說。他又替自己倒了一大杯，加了點水在裡面。他稍微高興了些。

「下午來的那些傢伙真是夠了。」他說。

「他們不想冒險，那兩個傢伙。」

過了一會兒，「好啦，」他說：「他們說的對。他媽的冒險有什麼好處？」

「你不要再來一杯嗎，傑瑞？」他說：「來吧，跟我一起喝。」

「我不需要，傑克，」我說：「我可以了。」

「再喝一杯就好。」傑克說，他開始有點醉了。

「好吧。」我說。

傑克替我倒了一杯，又替自己倒了一大杯。

「你知道，」他說：「我滿喜歡酒的。要是我沒打拳擊的話，一定會常常喝醉。」

「當然。」我說。

「你知道，」他說：「拳擊，讓我錯過了很多。」

「你賺了很多錢。」

「當然，那是我的目標。你知道我錯過了很多，傑瑞。」

「什麼意思？」

「這個嘛，」他說：「像是我老婆。我總是不在家，這對我的女兒們沒好處。『妳們的老爸是誰？』那些姊妹會的孩子會問她們。『我老爸是傑克．布倫南。』那對她們一點好處都沒有。」

「媽的，」我說：「唯一重要的好處就是她們有錢拿。」

「這個嘛，」傑克說：「我是賺了錢給她們。」他又倒了一杯。酒瓶幾乎空了。

「加點水。」我說。傑克倒了一點水進去。

「你知道，」他說：「你真不知道我有多想念我老婆。」

「我知道。」

「你完全不知道。你完全不曉得這是什麼感覺。」

「在鄉下應該會比在城裡好。」

「現在，」傑克說：「我在哪裡根本沒差別。你完全不曉得這是什麼感覺。」

「再喝一杯。」

「我是不是醉了？我是不是在胡說八道？」

「你是差不多醉了。」

「你完全不曉得這是什麼感覺，根本沒有半個人曉得這是什麼感覺。」

「除了你老婆。」我說。

「她知道。」傑克說：「她是知道沒錯，她知道。你可以打賭她知道。」

「在那裡面加點水。」我說。

「傑瑞，」傑克說：「你不可能曉得那是什麼樣子。」

他完全醉了，直直地盯著我，視線有點太過穩定。

「你會睡個整晚。」我說。

「聽著，傑瑞，」傑克說：「你想賺點錢嗎？押在沃考特身上。」

「什麼？」

「聽著，傑瑞，」傑克放下酒杯。「我現在不喝了。看吧？你知道我在他身上賭了多少錢？五萬塊。」

「那是很多錢。」

「五萬塊，」傑克說：「二比一的賠率。我可以得到兩萬五千塊。押點錢在他身上，傑瑞。」

「聽起來不錯。」

「我怎麼可能打敗他？」傑克說：「這不是放水。我怎麼可能打敗他？

既然這樣為何不撈點錢？」

「在那裡面加點水。」我說。

「我打完這場就不幹了，」傑克說：「我不幹了。我得挨一頓揍，為何不順便賺點錢？」

「當然。」

「我一個星期沒睡覺了，」傑克說：「整個晚上我都躺著擔心，擔心得腦袋都快掉了。我睡不著，傑瑞。你完全不曉得睡不著是什麼感覺。」

「當然。」

「我睡不著，就這樣而已。我就是睡不著。這麼多年一直照顧自己有什麼用？還不是睡不著。」

「這很糟糕。」

「你完全不曉得這是什麼感覺，傑瑞。睡不著的時候。」

「在那裡面加點水。」我說。

大概十一點鐘的時候傑克醉倒了，我讓他上床躺下。最後他醉得想不睡著也不行。我幫他脫了衣服上床睡覺。

「你會睡一整晚，傑克。」我說。

「當然，」傑克說：「我現在要睡覺了。」

「晚安，傑克。」我說。

「晚安，傑瑞，」傑克說：「你是我唯一的朋友。」

「喔，少來。」我說。

「你是我唯一的朋友，」傑克說：「唯一的朋友。」

「睡覺吧。」我說。

「我要睡了。」傑克說。

賀根在樓下辦公室的書桌後看報。見了我他抬起頭。「怎樣，你讓你的小男孩朋友睡著了嗎？」他問。

「他醉昏了。」

「總比不睡覺要好。」賀根說。

「當然。」

「但是你要跟那些體育記者解釋可麻煩了。」賀根說。

「我也要上床睡覺了。」我說。

「晚安。」賀根說。

第二天早上我大概八點下樓吃早餐。賀根跟他的顧客在穀倉訓練，我去那裡看他們。

「一！二！三！四！」賀根替他們數數。「哈囉，傑瑞，」他說：「傑克起來了嗎？」

「沒有，他還在睡。」

我回到自己房間，收拾行李準備回城裡。大概九點半的時候我聽到傑克在隔壁房間起來的聲音，聽到他下樓時我跟著下去。傑克坐在早餐桌旁。賀根已經進來了，他站在桌邊。

「你覺得如何，傑克？」我問他。

「還不壞。」

「睡得好嗎？」賀根問。

「我睡了一整晚。」傑克說：「我喝到大舌頭了，但是沒有頭痛。」

「很好，」賀根說：「那是好酒。」

「記在我帳上。」傑克說。

「你想什麼時候回城裡去？」賀根問。

「午餐前，」傑克說：「十一點的火車。」

「坐下，傑瑞。」傑克說。賀根走出去。

我在桌邊坐下。傑克在吃葡萄柚，他吃到籽就吐在湯匙上，然後扔在盤子裡。

「我猜我昨天晚上醉得很厲害。」他開口說。

「你喝了不少酒。」

「我猜我說了很多蠢話。」

「沒有很蠢。」

「賀根在哪裡？」他問。他吃完了葡萄柚。

「他在前面辦公室裡。」

「我有說怎麼賭這場比賽嗎？」傑克問。他握著湯匙，戳著葡萄柚。

女孩帶著火腿和雞蛋進來，把葡萄柚收走了。

「再給我一杯牛奶。」傑克對她說。她走了出去。

「你說你在沃考特身上押了五萬塊。」我說。

「沒錯。」傑克說。

「那是一大筆錢。」

「我覺得這樣不太好。」傑克說。

「會有問題嗎？」

「不會，」傑克說：「他想要冠軍頭銜。他們都會站在他那一邊。」

「這可很難說。」

「不會。他想當冠軍，這對他值很多錢。」

「五萬塊是很多錢。」我說。

「這是生意，」傑克說：「我本來就沒辦法贏。你知道我反正贏不了。」

「你只要在場上就有機會。」

「不，」傑克說：「我已經完蛋了。這只是生意。」

「你自己覺得身體如何？」

「挺不錯的，」傑克說：「我就需要好好睡一覺。」

「你可能會很厲害。」

「我會讓他們看場好戲。」傑克說。

早餐後傑克打長途電話給他老婆。他在小間裡打電話。

「這是他來這裡以後第一次打電話給她。」賀根說。

「他每天都寫信給她。」

「當然，」賀根說：「寄一封信只要兩毛錢。」

賀根和我們說了再見，黑鬼按摩師布魯斯駕著運貨馬車送我們去火車站。

「再見，布倫南先生。」布魯斯在火車站說：「我希望你把他的腦袋打掉。」

「再見。」傑克說。他給了布魯斯兩塊錢。布魯斯在他身上花了不少功夫，現在看起來有點失望。傑克看見我望著布魯斯拿著兩塊錢。

「費用都在帳單裡，」他說：「賀根跟我收按摩的錢。」

在進城的火車上傑克沒有說話。他坐在角落的座位裡，車票插在帽帶上，望向窗外。突然他轉過頭跟我說話。

「我告訴我老婆今天晚上我在薛爾比飯店訂了房間，」他說：「就在麥迪遜廣場花園轉角的地方。我明天早上再回家。」

「好主意，」我說：「你老婆看過你比賽嗎，傑克？」

「沒有，」傑克說：「她從來沒看過我打拳。」

我以為他一定是覺得自己會被揍得很慘，所以才不想立刻回家。我們在城裡叫了計程車去雪爾比飯店。一個男孩出來替我們拿行李，我們走向櫃台。

「房間多少錢？」傑克問。

「我們只有雙人房，」櫃台職員說：「我可以給你一間很棒的雙人房，十塊錢。」

「太貴了。」

「那我給你一間七塊錢的雙人房。」

「有浴缸嗎？」

「當然。」

「不如你跟我一起住吧，傑瑞。」傑克說。

「喔，」我說：「我可以去睡我妹夫家。」

「我不是要你出錢，」傑克說：「只是想讓錢花得有價值。」

「請在這裡登記好嗎？」櫃台人員說，他望著我們的名字。「二三八號房，布南倫先生。」

我們搭電梯上樓。房間很大，兩張床，一扇通往浴室的門。

「很不錯。」傑克說。

帶我們進來的男孩拉開窗簾，把行李拿進來。傑克沒有動靜，所以我給了那個男孩二十五美分。梳洗過後，傑克說我們最好出去找點東西吃。

我們在吉米．哈德利的店裡吃了午餐。很多我們認識的人都在那裡。吃到一半時約翰進來跟我們一起坐。傑克沒怎麼說話。

「你的體重如何，傑克？」約翰問他。傑克吃了很大一份午餐。

「我穿著衣服都可以過關。」傑克說。他從來不必擔心減重。他是天生的次中量級，而且從沒變胖過。他在賀根那裡瘦了。

「你確實從來不用擔心這個。」約翰說。

「這是件好事。」傑克說。

午餐後我們到廣場花園去量體重。比賽是三點鐘，體重一百四十七磅。傑克圍著毛巾站上體重計，橫桿沒有移動。沃考特剛剛稱過重，一堆人圍著他站著。

「我們來看看你有多重，傑克。」沃考特的經紀人費德曼說。

「好啊，那你量量**他**。」傑克把頭扭向沃考特的方向。

「拿掉毛巾。」費爾曼說。

「你們量是多少？」傑克問負責量體重的胖子。

「一百四十三磅。」

「你減得不錯，傑克。」費德曼說。

「量**他**。」傑克說。

沃考特走過來。他有著一頭金髮，肩膀很寬，兩條手臂跟重量級一樣。他的腿很短。傑克比他高半個頭。

「哈囉。」他說，他的臉上都是傷。

「哈囉，」傑克說：「你覺得如何？」

「很好。」沃考特說。他拿下腰間的毛巾，站在體重計上。他的肩膀和後背之寬是僅見的。

「一百四十六磅二十盎司。」

沃考特走下來對傑克露齒一笑。

「好啦，」約翰對他說：「傑克比你少快四磅。」

「等我上場時還會少更多，小子，」沃考特說：「我現在要去吃飯了。」

我們走回去，傑克穿上衣服。「他看起來滿強悍的。」傑克對我說。

「他看起來像是挨過不少揍。」

「喔，是啦，」傑克說：「要揍到他並不難。」

「你要去哪裡？」傑克穿好衣服後約翰問他。

「回旅館去，」傑克說：「其他事情就交給你辦了。」

「好，」約翰說：「一切都辦好了。」

「我要去躺一下。」傑克說。

「我大概七點四十五分的時候過來，我們去吃飯。」

「好吧。」

傑克在旅館脫掉鞋子和外套，躺了一下子。我寫了一封信。我望向傑克好幾次，他沒有睡覺，只是躺著一動也不動，但他不時睜開眼睛。最後他坐起來。

「要玩紙牌棋嗎，傑瑞？」他說。

「好。」我說。

他到他的行李箱裡拿出紙牌和棋盤。我們玩了紙牌棋，他贏了我三塊錢。約翰敲門走進來。

「要玩紙牌棋嗎，約翰？」傑克問他。

約翰把他的帽子放在桌上。帽子全濕了，他的外套也是濕的。

「外面下雨嗎？」傑克問。

「傾盆大雨，」約翰說：「我搭的計程車塞在路上，我下車走過來的。」

「來吧，玩紙牌棋。」傑克說。

「你應該去吃東西。」

「不要，」傑克說：「我還不想吃東西。」

於是他們玩了半小時的紙牌棋，傑克贏了他一塊半。

「好吧，差不多得吃飯了。」傑克說。他走到窗邊往外看。

「還在下雨嗎？」

「對。」

「我們在旅館裡吃吧。」約翰說。

「好，」傑克說：「我們再玩一盤，看晚餐誰付帳。」

過了一會兒傑克站起來說：「晚餐你請客，約翰。」我們下樓去大餐廳吃飯。

吃完飯後我們上樓，傑克繼續跟約翰玩紙牌棋，贏了他兩塊半。傑克覺得狀況不錯。約翰帶著一個袋子，他所有的東西都在裡面。傑克脫下襯衫和硬領，換上運動衫和毛衣，這樣他出去才不會受涼。他把拳擊的衣服和浴袍放進一個袋子裡。

「你準備好了嗎？」約翰問他：「我打電話叫他們叫計程車。」

電話很快就響了，說計程車在下面等。

我們搭電梯下樓，走過大廳出去，坐上計程車去廣場花園。雨下得很大，但是街上還是很多人。廣場花園的票都賣光了，走到更衣室的時候我看見場子有多滿。從看台最頂端到拳擊場上好像有半哩路，看台一片漆黑，只有拳擊場上有燈。

「下雨很好，這樣他們就不會把比賽改到棒球場上。」約翰說：「這場比賽可以吸引到的觀眾比廣場花園能容納的人數多得多了。」

「天氣這麼壞很難說。」傑克說。

約翰走到更衣室門口，探頭進去。傑克穿著浴袍坐在那裡，雙手抱胸，看著地板。約翰帶來兩個助手，他們越過他的肩膀望著他。傑克抬起頭。

「他來了嗎？」他問。

「他剛剛下去。」約翰說。

我們也動身下去。沃考特正爬上拳擊場，觀眾給他熱烈的掌聲。他從繩子之間穿過，微笑著把兩個拳頭抵在一起，對著觀眾搖晃拳頭，先朝拳擊場的一邊，然後是另一邊，接著他坐下來。傑克走過觀眾之間時也得到了不少掌聲。愛爾蘭人在紐約受歡迎的程度比不上猶太人或義大利人，但掌聲還是不少的。傑克是愛爾蘭人，愛爾蘭人總能獲得不少的掌聲。傑克爬上場子，彎腰從繩子之間進去，沃考特從角落走過來，替傑克把繩子壓下去。觀眾覺得這很棒。沃考特把手放在傑克肩膀上，他們一起站著。

「所以你要變成那些受歡迎的冠軍了，」傑克對他說：「把你那他媽的手從我的肩膀上拿開。」

「隨你便。」沃考特說。

觀眾覺得這棒得很。這些傢伙在比賽前是多麼紳士！他們互祝對方好運！

索利・費德曼走到我們的角落，傑克正在手上綁繃帶，約翰則在沃考特的角落。傑克把大拇指插進繃帶之間，把手好好地纏起來。我用膠帶替他纏住手腕，在手指關節處繞了兩圈。

「嘿，」費德曼說：「那膠帶哪來的？」

「摸摸看，」傑克說：「很軟吧，對不對？不要囉唆了。」

費德曼站著看傑克把另外一隻手也纏起來，其中一個助手把他的拳擊手套拿來，我戴上手套，試打了一下。

「喂，費德曼，」傑克問：「這個沃考特是哪國人？」

「我不知道，」索利說：「好像是丹麥人。」

「他是波希米亞人。」拿手套來的孩子說。

裁判叫他們從角落過去，傑克走出去。沃考特則笑著出來。裁判分別摟住他們的肩膀。

「哈囉，受歡迎的傢伙。」傑克對沃考特說。

「隨你便。」

「你幹嘛叫自己『沃考特』？」傑克說：「你不知道他是黑鬼嗎？」

「聽著——」裁判說，給了他們那套慣常的說詞。沃考特一度打斷他，他抓住傑克的手臂說：「如果他這樣抓住我，我可以打他嗎？」

「不要碰我，」傑克說：「這又不是拍電影。」

他們回到各自的角落。我替傑克脫下浴袍，他靠在繩子上，活動了幾次膝蓋，在松香上磨了一下鞋底。鑼響了，傑克很快轉身走到場中。沃考特迎向他，兩人碰了一下手套，沃考特一放下手，傑克就用左手招呼了他的臉兩次。沒有人拳打得比傑克好。沃考特低頭讓下巴抵在胸口，持續往前攻擊他。他是個鉤拳手，兩手放得低低的。他只知道上前出拳。但每次他接近的時候，傑克的左拳都打在他臉上。簡直跟自動上拳一樣。傑克只要舉起左手，就會打中沃考特的臉。傑克出了兩三次右拳，但都打在沃考特的肩膀或頭上。他就跟其他鉤拳手一樣，只怕他的同類，你能傷害他的地方他都擋得住。他不在乎打在他臉上的左拳。

四回合之後傑克把他打得血流如注，臉上都是傷，但每次沃考特接近的時候，出拳都非常重，他在傑克的肋骨下方打出了兩大塊紅腫。每次他接近，傑克都擒抱住他，再騰出一隻手，給他上鉤拳。但沃考特空出手來的時候就打傑克的身體，聲音大到外面街上都能聽到。他出拳很重。

就這樣又打了三回合。他們都沒說話，他們都在努力，在回合之間我們也非常努力地照顧傑克。他看起來一點都不好，但他在拳擊場上沒怎麼動作。他沒有繞來繞去，左手出拳跟自動的一樣。傑克的手像是跟沃考特的臉連在一起，他只要願意就能打中。傑克在近距離搏擊時一直都很鎮靜，也不浪費精力。他非常瞭解近距離搏擊，可以使出很多招數都不會露餡。他們在我們這邊的角落時我看見他擒抱沃考特，騰出右手，扭轉手臂使出上鉤拳，手套的下端打中沃考特的鼻子。沃考特血流如注，他把鼻子貼在傑克的肩膀上。好像要把血分給傑克一樣，傑克用力聳起肩膀，再度撞上他的鼻子，然後放低右手又來了一次。

沃考特極不爽。打了五回合之後，他開始痛恨傑克的膽量了。傑克沒有不爽，意思是說他並沒有比平常更不爽。他以前確實總是讓拳擊場上的對手痛恨拳擊，所以他才這麼討厭路易斯小子。他從來沒辦法惹火他。路易斯小子總能使出起碼三招傑克不恥的骯髒手段。傑克在場上一直都跟在教堂裡一樣安全，只要他夠強。他確實給了沃考特好看。有趣的是傑克看起來就像是個坦蕩蕩的典型拳擊手，這是因為他有一切的本領。

第七回合之後傑克說：「我的左手開始沒力了。」

從那之後他開始挨打。一開始看不出來，但比賽已經不是由他主導，而是被沃考特掌握。他已經不再安全，而是有了大麻煩。現在他沒辦法用左手擋住他了。看起來跟之前沒兩樣，只不過之前沃考特揮空的拳頭現在都打中他，把他身體打得一塌糊塗。

「現在是幾回合？」傑克問。

「第十一回合。」

「我撐不下去了，」傑克說：「我的腿不行了。」

沃考特打了他好久。這就像是棒球捕手接球，吸收衝擊一樣。沃考特現在開始重重地打中他。他真的是個出拳機器，現在傑克只能盡量試著防守。在回合之間我按摩他的腿。我一面按摩他的腿，一面察覺他的肌肉在我的手下顫抖。他的狀況糟透了。

「怎麼樣？」他轉頭問約翰，臉都腫起來了。

「這場比賽是他的了。」

「我覺得我可以撐下去，」傑克說：「我不想讓這個波希米亞佬阻止我。」

比賽完全照他料想進行。他知道他沒辦法擊敗沃考特，他已經不再強壯了。但是他沒問題的。因為他的錢也沒問題了，現在他想以讓自己高興的方式結束。他不想被打垮。

鑼響了，我們把他推出去，他慢慢地走到場中，沃考特直接撲向他。傑克用左拳打中沃考特的臉，他吃下這一記，從下方開始打傑克的身子。傑克試著擒抱他，但這就像是試著握住一把鋸子一樣。傑克放開他，右拳落空。沃考特用一記左鉤拳打中他，傑克倒在地上。他跪在地上，用兩隻手撐著身子，望向我們。裁判開始數數，傑克望著我們搖頭，數到八的時候約翰對他示意。觀眾吵得要命，你根本聽不到裁判數數。傑克站起來。

裁判數數的時候用一隻手臂攔住沃考特。

傑克站起來，沃考特開始走向他。

「小心，吉米。」我聽見索利．費德曼對他叫道。

沃考特走過去，傑克望著他。傑克對他揮出左拳，沃考特只搖搖頭。他把傑克逼到繩子旁邊，打量著他，然後用非常輕的左鉤拳打傑克的頭側，右手則用盡力氣，盡量放低往下打。他一定打中了他腰帶下方五吋的地方。我以為傑克的眼睛要從腦袋裡蹦出來了。他的眼球往外凸，他的嘴巴張開了。

裁判抓住沃考特，傑克往前一步。要是他倒下去的話五萬塊就飛了。他走路的樣子像是五臟六腑都要掉出來了一樣。

「沒有犯規，」他說：「這是意外。」

觀眾大吼大叫，你什麼也聽不到。

「我沒事。」傑克說，他們就在我們正前方。裁判望向約翰，他搖頭。

「來吧，你這個波蘭雜種。」傑克對沃考特說。

約翰趴在繩子上，他拿著毛巾準備衝上去，傑克離繩子只有一點距離。他往前一步，我看見汗從他臉上流下來，好像有人擰了他的臉。一大顆汗珠沿著他的鼻子滴下。

「過來跟我打。」傑克對沃考特說。

裁判望向約翰，揮手讓沃考特上。

「進場，你這蠢貨。」他說。

沃考特走進場中。他也不知道該怎麼辦。他沒想到傑克還撐得住。傑克用左拳打中他的臉，人人都在大吼大叫，他們就在我們正前方。沃考特打了他兩下。我從來沒有看過比傑克的臉更嚇人的東西——他的表情！他費盡力氣撐著不讓身體垮下，一切都顯現在他的臉上。他一直都在動腦筋，一面摀住身上被打垮的地方。

然後他開始出拳，他的表情一直都很嚇人。他把雙手放低在身側，對沃考特揮拳。沃考特護住腦袋，傑克亂打著沃考特的頭。接著他揮出左拳，擊中沃考特胯下，右拳打到之前沃考特打中傑克的地方：腰帶以下。沃考特倒在地上，摀住自己那裡，滿地翻滾。

裁判抓住傑克，把他推向他的角落。約翰跳進場子裡，滿場大吼大叫。裁判去跟評審員說話，隨後主持人拿著擴音器宣布：「對手犯規，沃考特獲勝。」

現在裁判跑去跟約翰說話，他說：「我能怎麼辦？傑克不肯找出他犯規，自己卻昏了頭犯規。」

「他反正會輸的。」約翰說。

傑克坐在椅子上。我拿下他的拳擊手套，他用雙手捧著自己下面：下面有了支撐，他的臉色就沒那麼嚇人了。

「過去說你很抱歉，」約翰在他耳邊說：「那樣比較好看。」

傑克站起來，他滿臉是汗。我替他披上浴袍，他走過場子，一隻手在浴袍底下捧住下面。他們把沃考特扶起來照顧他。沃考特的角落那區有好多人，沒人跟傑克說話，他彎身向沃考特。

「對不起，」傑克說：「我不是故意犯規的。」

沃考特沒有說話，他看起來糟糕極了。

「好啦，現在你是冠軍了，」傑克對他說：「我希望你他媽的好好享受。」

「不要煩他。」索利・費德曼說。

「哈囉，索利，」傑克說：「抱歉我打到你的傢伙了。」

費爾曼瞪他一眼。

傑克一跛一拐地走回他的角落，我們扶他下場，經過記者們的桌位，來到走廊上。很多人想拍傑克的背。他穿著浴袍穿越群眾回到更衣室。沃考特贏得很合理。廣場花園的賭注就是這麼下的。

我們一走進更衣室，傑克就躺下來閉上眼睛。

「我們要回旅館去，叫醫生來。」約翰說。

「我被打爛了。」傑克說。

「我真是太難過了，傑克。」約翰說。

「沒關係。」傑克說。

他閉著眼睛躺在那裡。

「他們真的打算出賣我們。」約翰說。

「你那兩位朋友摩根和史坦菲爾德，」傑克說：「你可真是交了好朋友。」

他躺在那裡，睜開了眼睛，臉上仍舊有那種緊繃嚇人的表情。

「牽涉到這麼大一筆錢的時候，腦筋可以動得這麼快。真是好玩。」傑克說。

「真有你的，傑克。」約翰說。

「沒事，」傑克說：「這不算什麼。」

單純的詢問

外面的雪積得比窗戶還高。陽光透過窗戶，照在小屋內松木牆上掛的地圖。太陽已經高昇，陽光越過積雪的上方射進來。小屋正面有一道渠溝，每個晴天照在牆壁上的陽光都將熱氣反射到雪堆上，讓渠溝越來越寬。現在是三月。少校坐在牆邊的桌旁，他的副官坐在另一張桌子旁邊。

少校兩眼周圍有著白圈，那是遮擋雪地陽光的雪鏡在他臉上留下的痕跡。他臉上其他地方都曬傷曬黑，而且透過曬黑的表面再度曬傷，鼻子腫起來，之前起的水泡還破皮。他一面看公文，一面把左手手指伸進一碟油裡，用指尖非常輕柔地把油塗在臉上。他非常仔細地在碟子邊緣除去手指上多餘的油，只留下薄薄一層。他塗過前額和面頰後，小心地用手指揉搓鼻樑。塗完之後他站起來，拿著那碟油，走進小屋裡他睡覺的小房間。「我要睡一下。」他對副官說。在那個部隊裡副官並不是軍官。「你來收尾。」

「是，少校大人。」副官回答。他靠向椅背，打了呵欠，從外套口袋裡拿出一本平裝書打開；然後把書放在桌上，點起菸斗。他傾身向前看書，一面抽著菸斗。沒多久他把書闔上，放回衣服口袋裡。他有太多公文要處理了，在做完之前他沒辦法看書。太陽已經落到山下，小屋牆上已無陽光。一個士兵走進來，把砍得長短不一的松枝放進火爐裡。「輕一點，皮寧，」副官對他說：「少校在睡覺。」

皮寧是少校的勤務兵，膚色很深。他把松枝小心地放進爐子裡，關上門，再度走到小屋後面。副官繼續處理公文。

「托納尼。」少校叫道。

「少校大人？」

「叫皮寧到我房間來。」

「皮寧！」副官叫道。皮寧走進房間。「少校找你。」副官說。

皮寧走過房中到少校門前，敲了敲半開的門。「少校大人？」

「進來，」副官聽到少校說：「把門關上。」

少校躺在房裡的行軍床上，皮寧站在床邊。少校的頭枕在帆布背包上，背包裡塞了備用的衣服當枕頭。他曬傷塗油的長臉望向皮寧，雙手放在毯子上。

「你十九歲？」他問。

「是的，少校大人。」

「你談過戀愛嗎？」

「您指的是什麼，少校大人？」

「談戀愛——跟女孩子？」

「我跟女孩子在一起過。」

「我不是問那個。我問你有沒有談過戀愛——跟女孩子。」

「有的，少校大人。」

「你現在正跟這個女孩談戀愛嗎？你沒寫信給她。你的信我都看過。」

「我在跟她談戀愛，」皮寧說：「但是我不寫信給她。」

「你確定嗎？」

「我確定。」

「托納尼，」少校用同樣的聲調說：「你聽得到我說話嗎？」

隔壁房間沒有回答。

「他聽不見，」少校說：「你確定你愛女孩子嗎？」

「我確定。」

「而且，」少校很快瞥了他一眼：「你也沒做什麼墮落的事？」

「我不知道您說的墮落是什麼意思。」

「好吧，」少校說：「你也用不著這麼傲慢。」

皮寧看著地板。少校望著他膚色棕褐的臉，上下打量他，望著他的手。然後他繼續說，沒有微笑：「你真的不是想——」少校停頓了一下。皮寧看著地板。「你最大的慾望真的不是——」皮寧看著地板。少校把頭靠回帆布背包上，微微一笑。他真的鬆了一口氣：軍隊裡的生活太複雜了。「你是個好孩子，」他說：「你是個好孩子，皮寧。但是不要這麼傲慢，要小心有人來佔你便宜。」

皮寧站在床邊一動也不動。

「不用害怕。」少校說，他的雙手在毯子上交疊。「我不會碰你的。如果你願意的話，可以回你的軍團去，但你還是留在這裡當我的勤務兵比較好。這樣你送命的機會比較小。」

「您要我做什麼嗎，少校大人？」

「不用，」少校說：「出去繼續做你的事。出去的時候不要關門。」

皮寧走出去，讓門敞開。他尷尬地走過房間時副官抬頭看他。皮寧滿面通紅，他走路的樣子跟剛剛送柴火進來時不一樣。副官望著他的背影微笑。皮寧帶了更多柴火進來放進爐子裡。少校躺在行軍床上，望著披著布的頭盔和掛在牆上的雪鏡，聽見他走過地板的聲音。這個小惡魔，他心想，我想知道他是不是對我撒了謊。

十個印第安人

某個七月四日傍晚，尼克搭乘運貨馬車，跟喬．迦爾納和他的家人離開鎮上返家，路上他們遇到九個喝醉的印第安人。他記得是九個，因為喬．迦爾納在黃昏的時候勒住馬匹，跳到路上，把一個印第安人從輪溝裡拖出來。那個印第安人臉朝下，趴在沙地上睡覺。喬把他拉到樹叢裡，然後回到馬車上。

「算起來已經有九個人了，」喬說：「從出了鎮到這裡。」

「那些印第安人真是的。」迦爾納太太說。

尼克跟迦爾納家的兩個兒子坐在後座，他從後座探頭看著喬把印第安人拖到路邊。

「那是比利．臺伯蕭嗎？」卡爾問。

「不是。」

「他的褲子看起來很像比利。」

「所有印第安人都穿那種褲子。」

「我完全沒看到他，」法蘭克說：「我什麼都還沒看見，爸就下了車，又回來了，我以為他去殺蛇。」

「不過今晚倒是會有很多印第安人殺蛇，」喬．迦爾納說。

「那些印第安人真是的。」迦爾納太太說。

他們繼續往前，偏離大路沿著山坡往上。馬匹拉車上坡很辛苦，男孩們都下來走路。路上都是沙子。尼克在山丘頂上的學校旁邊回頭看，看見佩托斯基的燈火，以及越過小特拉弗斯灣延伸到哈伯斯普林斯的燈火。他們再度回到馬車上。

「他們應該在路上鋪點石子。」喬．迦爾納說。馬車沿著小路穿越樹林。喬和迦爾納太太緊靠著坐在前座，尼克坐在兩個男孩中間。他們來到一處空地。

「爸就在這裡壓死那隻臭鼬。」

「還要再前面一點。」

「在哪裡根本不重要。」喬說，他沒有轉過頭。「在哪裡壓死臭鼬都一樣。」

「我昨天晚上看到兩隻臭鼬。」尼克說。

「在哪裡？」

「在湖邊。牠們沿著岸邊找死魚。」

「那可能是浣熊。」卡爾說。

「是臭鼬，我認得出臭鼬。」

「你肯定認得出。」卡爾說：「因為你有個印第安馬子。」

「不要這樣說話，卡爾。」迦爾納太太說。

「他們聞起來差不多啊！」

喬．迦爾納笑起來。

「喬，你不要笑。」迦爾納太太說：「我不准卡爾那樣說話。」

「你有印第安馬子嗎，尼奇？」喬問。

「沒有。」

「他有，爸，」法蘭克說：「樸登絲．密契爾就是他馬子。」

「她不是。」

「他每天都去看她。」

「我沒有。」尼克說，黑暗中他坐在兩個男孩中間，因為他們拿樸登絲．密契爾取笑他而感到既高興又空虛。「她不是我馬子。」他說。

「聽他胡說，」卡爾說：「我每天都看到他們在一起。」

「卡爾找不到女朋友，」他媽媽說：「連土女都沒有。」

卡爾默不作聲。

「卡爾拿女孩子沒辦法。」法蘭克說。

「你閉嘴。」

「你沒問題的，卡爾，」喬．迦爾納說：「女孩子對男人根本沒用。看看你爸。」

「你當然會這麼說。」馬車顛簸了一下，迦爾納太太靠近喬。「你年輕的時候有過很多女朋友。」

「我打賭爸絕對不會要土女當馬子。」

「你怎麼知道？」喬說：「你最好不要放過樸登絲，尼克。」

他太太低聲跟他說了些什麼，喬笑起來。

「你笑什麼？」法蘭克問。

「不要說，迦爾納。」他太太警告他。喬又笑起來。

「尼奇可以留著樸登絲，」喬．迦爾納說：「我有個好馬子。」

「這麼說就對了。」迦爾納太太說。

馬匹在沙地上腳步沉重，喬在黑暗中舉手揮鞭。

「用力，加把勁。你們明天要拉比這更重的東西。」

馬匹快步跑下長長的山坡，馬車一路顛簸。到了農莊每個人都下來。迦爾納太太打開門鎖，走進屋裡，拿著一盞燈出來。卡爾和尼克把東西從馬車後面搬下來。法蘭克坐在前座，把馬車駛進穀倉，並安頓馬匹。尼克走上台階，打開廚房的門。迦爾納太太在爐子前生火，她把煤油澆在柴火上，然後轉過頭。

「再見，迦爾納太太，」尼克說：「謝謝你們載我。」

「謝什麼啊，尼奇。」

「我很開心。」

「我們喜歡有你一起。你不留下來吃點晚餐嗎？」

「我得走了，我爸大概在等我。」

「好吧，那你就走吧。叫卡爾進屋裡來好嗎？」

「好。」

「晚安，尼奇！」

「晚安，迦爾納太太。」

尼克走到穀倉，喬跟法蘭克在擠奶。

「晚安，」尼克說：「我很開心。」

「晚安，尼克，」喬．迦爾納叫道：「你不留下來吃飯嗎？」

「不了，你能跟卡爾說他媽媽找他嗎？」

「好。晚安，尼奇。」

尼克光腳沿著穀倉下面田地中的小徑往前走。小徑很平坦，他光腳下的露珠很清涼。他在田地邊緣翻過柵欄，走下溪谷，腳上沾了沼澤的濕泥，然後往上爬過乾燥的山毛櫸林，終於看見小屋的燈光。他翻過柵欄走向前門廊，從窗戶看見他爸爸坐在桌邊，在大燈的光線下看書。尼克打開門進去。

「啊，尼克，」他爸爸說：「今天過得好嗎？」

「我很開心，爸。這個七月四日太棒了。」

「你餓了嗎？」

「當然。」

「你的鞋子呢？」

「我把鞋子落在迦爾納家的馬車上了。」

「到廚房來。」

尼克的爸爸拎著燈往前走，停下來打開冰櫃的門。尼克走進廚房。他爸爸帶著一盤冷雞肉和一罐牛奶回來，放在尼克面前的桌上，把燈放下。

「還有一點派。」他說：「你這樣夠吃嗎？」

「沒問題。」

他父親在鋪著油布的桌子旁邊坐下，巨大的影子映在廚房牆上。

「球賽哪邊贏了？」

「佩托斯基，五比三。」

他爸爸坐著看他吃，替他倒了一杯牛奶。尼克喝了牛奶，用餐巾擦嘴。他爸爸伸手到架子上拿了派，替尼克切了一大塊。這是越橘派。

「爸，你做了什麼呢？」

「早上我去釣魚。」

「釣到了什麼？」

「只有鱸魚。」

尼克的爸爸看著他吃派。

「你今天下午做了什麼？」尼克問。

「我到印第安營區去散步。」

「你看見什麼人了嗎？」

「印第安人都到鎮上去買醉了。」

「你一個人都沒看到嗎？」

「我看見你的朋友樸蒂。」

「她在哪裡？」

「她跟法蘭克．沃西伯恩在樹林裡。我碰到他們，他們正開心呢！」

他爸爸沒有看他。

「他們在幹什麼？」

「我沒有留下來看。」

「告訴我他們在幹什麼。」

「我不知道，」他爸爸說：「我只是聽到一點動靜。」

「你怎麼知道是他們兩個？」

「我看見他們了。」

「我以為你說你沒有看見他們。」

「喔，我看到他們了。」

「跟她在一起的是誰？」尼克問。

「法蘭克．沃西伯恩。」

「他們是不是——他們是不是——」

「他們是不是什麼？」

「他們是不是很開心？」

「我想是吧。」

他爸爸站起來，打開廚房的紗門走出去，回來的時候尼克正盯著自己的盤子。他哭過了。

「要再來一點嗎？」他爸爸拿起刀要切派。

「不了。」尼克說。

「你最好再來一塊。」

「不了，我不想吃。」

他爸爸整理桌子。

「他們在哪裡的樹林？」尼克問。

「營區後面。」尼克盯著盤子。他爸爸說：「你最好上床去，尼克。」

「好吧。」

尼克回到自己房間，脫掉衣服，躺在床上。他聽見他爸爸在客廳走動。尼克躺在床上，臉埋進枕頭裡。

「我的心碎了，」他想道：「要是我有這種感覺，那我的心一定是碎了。」

過了一會兒他聽見他爸爸把燈吹熄，回自己的房間。他聽到風從外面街上吹過來，透過紗窗感覺到涼意。他把臉埋在枕頭裡很久。過了一會兒他忘記要想樸登絲，最後終於睡著了。半夜醒來的時候他聽見小屋外面鐵杉樹林裡的風聲，以及湖裡的波浪拍岸的聲音，他又睡著了。早上強風吹襲，湖水的浪濤洶湧，他醒了很久之後才想起自己的心碎了。

送人的金絲雀

火車非常快速地經過一棟紅石蓋的大房子，屋前有花園和四棵粗棕櫚樹，樹蔭下還有桌子。火車的另外一邊面海。接著火車穿越紅石黏土隧道，偶爾才能看見海浪從低遠的岩邊拍打而上。

「牠是我在巴勒摩買的，」美國女士說：「我們在岸上只待一小時。那是星期天早上。那個男人想要美金，所以我就給了他一塊半。牠的叫聲真的非常好聽。」

火車上非常熱，臥鋪車廂也非常熱，打開窗戶沒有風吹進來。美國女士把窗簾拉下來，現在就連偶爾有的海景也看不到了。另外一邊是玻璃，然後是走道，再過去是打開的窗戶，窗戶外面是灰撲撲的樹、柏油路和平坦的葡萄園，後方是灰岩的山丘。

抵達馬賽的時候有很多高聳的煙囪冒著煙，火車慢下來，沿著許多鐵軌中的一道進站。火車在馬賽站停留二十五分鐘，美國女士買了一份《每日郵報》，和半瓶依雲礦泉水。她沿著月台走了一小段，但都離車廂的階梯不遠，在坎城火車只停十二分鐘的時候，因為沒有發出開車的信號就出發了，她差點沒趕上。美國女士有點重聽，她擔心火車就算發出開車的信號，她也會沒聽見。

火車離開馬賽車站，現在不只能看到火車調車場和工廠的煙霧，回頭瞧還可以看見馬賽市和依山的港口，以及海面上最後的陽光。天色變暗，火車經過田野上一座燃燒的農莊。汽車都停在路邊，農莊裡的被褥跟雜物都攤在田野上。很多人在看農莊燃燒。天黑之後火車到達亞維農。乘客上上下下。一個要回巴黎的法國人，在書報攤買了當天的法國報紙。火車月台上有很多黑人兵士。他們穿著棕色的制服，身材高大，臉在電燈下閃閃發光。他們的臉非常黑，身材高得讓人沒辦法不仰頭看著他們。火車離開亞維農的時候黑人們還站在那裡，一個矮小的白人軍官跟他們在一起。

服務員到臥鋪車廂來把牆上的三張床拉下來，準備讓乘客睡。晚上美國女士躺著睡不著，因為這輛是快車，速度非常快，晚上她害怕高速。美國女士的床位靠窗。巴勒摩買的金絲雀掛在臥鋪車廂盥洗室的通道上避風，籠子上蓋著一條布。臥鋪外面有一盞藍色的燈。一整晚火車都行駛得非常快，美國女士清醒地躺著，好像在等待車禍。

早上火車接近了巴黎，美國女士走出盥洗室，雖然一夜沒睡，她看起來還是個精神非常好的中年美國女士。她把布從鳥籠上拿下來，把籠子掛在陽光下，然後去餐車吃早餐。她回到臥鋪車廂時，床位已經被推回牆上，變成了座位，太陽從打開的窗照進來，金絲雀在陽光下抖動羽毛，火車更接近巴黎了。

「牠喜歡陽光，」美國女士說：「過一會兒牠就會開始唱歌了。」

金絲雀甩動羽毛，用喙整理。「我一直都喜歡鳥，」美國女士說：「我要帶牠回家給我女兒。來了——牠開始唱了。」

金絲雀婉轉鳴叫，喉間的羽毛豎起來，然後牠垂下喙，再度整理羽毛。火車越過一條河流，和一片經人仔細照料的森林。沿途還經過許多巴黎郊外的城鎮。鎮上有火車車廂，車廂外牆上有百貨公司、杜本內酒和苦艾酒的大廣告。火車經過的所有地方看起來都像是還沒吃過早餐。我有幾分鐘沒聽進美國女士講話，她正在跟我的妻子說話。

「您的先生也是美國人嗎？」這位女士問。

「是的，」妻子說：「我們倆都是美國人。」

「我以為你們是英國人。」

「喔，不是。」

「或許是因為我繫吊帶的關係。」我說。我本來要說褲背帶的，但改口說了吊帶，好保持我的英國風味。美國女士沒有聽見。她重聽得很厲害；她讀唇語，而我沒有轉向她。我正在看窗外。她繼續跟我妻子說話。

「我好高興你們是美國人。美國男人是最好的丈夫，」美國女士說：「所以我們才要離開歐洲的。我的女兒在沃韋愛上了一個男人。」她停頓下來。「他們瘋狂地相愛。」她再度停頓。「我把她帶走了，當然。」

「她已經忘記了嗎？」妻子說。

「我想沒有，」美國女士說：「她什麼也不肯吃，也不睡覺。我已經非常努力了，但她好像對一切都沒興趣。她什麼都不在乎。我不能讓她嫁給一個外國人。」她停了一下。「我有一個非常要好的朋友曾經跟我說過：『沒有外國人能當美國女孩的好丈夫。』」

「是的，」妻子說：「我猜是不能。」

美國女士欣賞我妻子的旅行外套，原來美國女士二十年來都跟聖奧諾雷路的一家時裝店買衣服。他們有她的尺寸，還有個認識她、清楚她的品味的店員，替她挑衣服寄到美國。衣服寄到離她在紐約上城的家附近的郵局，關稅從來都不高，因為他們在郵局打開包裹評估價格的時候，裡面的衣服看起來都非常平實，沒有讓衣服看起來很貴的金色蕾絲或裝飾品。在現在這個叫做泰赫絲的女店員之前，有另外一個叫做愛米莉的女店員。過去二十年來只有這兩個人。送貨的公司一直都是同一家，但是價錢上漲了，然而匯率又打平了漲價的部分。現在他們也有她女兒的尺寸。她已經長大成人，尺寸不太會有變動。現在火車抵達了巴黎。打仗時的防禦工事已經拆掉，但是草還沒長出來。軌道上停著很多車廂——當天晚上五點要去義大利的棕色木頭餐車和棕色木頭臥鋪車廂，要是那列火車仍舊在五點出發的話。這些車廂都有「巴黎—羅馬」的標記，頂上有座位的車廂則往來郊區。在某些時段，如果還跟以前一樣的話，車上和頂上的座位都會坐滿了人，經過白色的牆壁和許多房屋的窗戶。大家都還沒吃過早餐。

「美國人是最好的丈夫。」美國女士對我的妻子說，我正在卸下行李。

「美國男人是世界上唯一能嫁的人。」

「妳們離開沃韋多久了？」妻子問。

「兩年前的秋天。妳知道，我這隻金絲雀是要給她的。」

「令嫒愛上的男人是瑞士人嗎？」

「是的，」美國女士說：「他來自沃韋的名門世家，要當工程師。他們是在沃韋認識的，他們曾經一起散很久的步。」

「我知道沃韋，」妻子說：「我們蜜月的時候去過。」

「真的嗎？那一定非常愉快。當然啦，我不知道她會愛上他。」

「那是個非常美好的地方。」妻子說。

「是的，」美國女士說：「那裡很美好不是嗎？你們住在哪裡？」

「我們住在三頂皇冠。」妻子說。

「那是一家非常好的老旅館。」美國女士說。

「是的，」妻子說：「我們的房間非常好，秋天的時候景色很美。」

「你們是在秋天的時候去的嗎？」

「是的。」妻子說。

我們經過三輛出過車禍的車廂。車體裂開，車頂塌陷。

「看，」我說：「出了車禍。」

美國女士看見最後一截車廂。「我整晚都在擔心會出車禍，」她說：「有時候我對事情的預感非常靈。我以後再也不搭晚上的快車了，一定還有其他舒服的火車不開這麼快的。」

火車開進黑暗的里昂車站後，停了下來，搬運工來到窗戶旁邊。我把行李從窗口遞出去，下車來到昏暗的月台上，美國女士找上庫克斯公司三個人中的一人，他說：「請等一下，夫人，我找找您的名字。」

搬運工把一輛推車推過來，將行李搬上去，妻子和我跟美國女士道了再見。庫克斯公司在一張打字機打印出來的文件上找到了她的名字。那人把文件放回口袋裡。

我們跟著推車的搬運工走過火車旁邊長長的水泥月台。盡頭有一扇柵門，有個人把車票收走。

我們回到巴黎，各自找分開後的住所。

阿爾卑斯山牧歌

下山到谷地總是很熱，就算在清早也一樣。陽光融化了我們所帶的雪屐上的雪，讓木頭乾燥。山谷裡是春天，但陽光炙熱。我們帶著雪屐和背包沿著通往加爾蒂的路走。經過教堂墓園時一場葬禮剛剛結束。我對著從墓園出來經過我們身旁的神父說：「上主保佑。」神父鞠躬。

「神父都不跟人說話，真有趣。」約翰說。

「你會以為他們會說『上主保佑』。」

「他們從來不回話。」約翰說。

我們在路上停下，望著司事把泥土剷進墓穴。一個蓄著黑鬍子穿著高統皮靴的農夫站在墳墓旁邊。司事停止剷土，直起腰來。穿著高統靴的農夫從司事手中接過鏟子，繼續往墓穴裡填土——把土平均地撒進去，好像在花園裡施肥一樣。在明亮的五月早晨，看著人填平墓穴很不真實，我沒法想像有人死了。

「想像一下在這樣的日子入土。」我對約翰說。

「我可不要。」

「好吧，」我說：「我們用不著想那些。」

沿路經過鎮上的房子我們來到旅社。我們已經在斯維里塔山上滑了一個月的雪，回到谷地真好。斯維里塔滑雪不錯，但現在是春天，雪只在清晨跟傍晚才適合滑，其他時候都被陽光破壞了。我們倆都厭倦了陽光。根本沒法避開的陽光。唯一的遮陰是石頭或冰河旁石頭底下的小屋，而且在陰涼處汗會在內衣裡結冰，然後不戴墨鏡就不能坐在小屋外面。曬黑很愉快，但太陽真的很累人，你不能在太陽底下休息。能下山遠離雪地我很高興，在斯維里塔的春天滑雪現在已經太晚了。我有點厭倦了滑雪。我們待得太久了，我嘴裡還有小屋鐵皮屋頂上融化的雪水嚐起來的味道，這個味道是我對滑雪印象的一部分。我很高興除了滑雪之外還有其他事情，我很高興下山。離開不自然的高山春天，進入這個谷地的五月早晨。

旅社老闆坐在旅社的門廊上，椅子往後靠著牆壁。廚子坐在他旁邊。

「滑雪萬歲！」旅社老闆說。

「萬歲！」我們說著把雪屐靠在牆上，放下背包。

「上面怎樣？」旅社老闆問。

「不錯。陽光有點太強。」

「沒錯，這個時節陽光太強了。」

廚子坐在他的椅子上。旅社老闆跟我們進去，打開上鎖的辦公室，拿出我們的郵件。有一堆信跟文件。

「我們叫點啤酒吧。」約翰說。

「好，我們在裡面喝。」

旅社老闆拿來兩瓶啤酒，我們一面喝一面看信。

「最好再來點啤酒。」約翰說。這次是一個女孩送來的，她微笑著替我們開酒。

「好多信。」她說。

「對，好多。」

「乾杯。」她說著走出去，帶著空酒瓶。

「我都忘了啤酒的味道。」

「我沒有。」約翰說：「在山上小屋裡我常常想念啤酒。」

「好吧，」我說：「我們現在喝到了。」

「任何事情都不應該做太久。」

「對，我們在上面太久了。」

「太他媽的久了。」約翰說：「一件事做太久是不好的。」

陽光從打開的窗戶射入，照在桌上的啤酒瓶身。瓶子半滿。瓶子裡的啤酒還有一點泡沫，不多，因為酒很冰。把酒倒進高杯的時候泡沫會漲起來。我從窗口望向白色的道路，路邊的樹木都蒙著灰塵，樹林後方是綠色的田野和一條小溪。溪邊是樹林，還有一座有水車的磨坊。我看見磨坊面河這一側有一根很長的圓木，一把鋸子在上面上下移動，似乎沒有人在操作鋸子。有四隻烏鴉在綠色的田野裡走動，另外一隻烏鴉在樹上看。外面門廊上的廚子站起來，走進通往廚房的前廳。屋內陽光穿透桌上的空杯。約翰傾身向前，頭埋在臂彎裡。

我從窗口看到兩個男人走上前廊台階。他們進入我們喝酒的房間，其中一人是留著鬍子穿著高統靴的農夫，另外一個是教堂司事。他們在靠窗的桌位坐下。女孩進來站在他們桌邊，農夫好像沒有看見她，把雙手放在桌上。他穿著舊軍服，手肘上打著補丁。

「你要什麼？」司事問。農夫完全沒注意到。

「你要喝什麼？」

「杜松子酒。」農夫說。

「另外還要四分之一升的紅酒。」司事跟女孩說。

女孩送了酒來，農夫喝了杜松子酒，他望向窗外，司事望著他。約翰的頭靠在桌上，他睡著了。

旅社老闆進來走到桌邊。他用方言說話，司事回了他。農夫望向窗外。旅社老闆走出房間。農夫站起來，他從皮夾裡拿出一張折好的一萬克朗鈔票，把鈔票攤開。女孩走過來。

「一起算？」她問。

「一起算。」他說。

「紅酒的錢讓我付吧。」司事說。

「一起算。」農夫對女孩重複。她把手伸進圍裙口袋裡，拿出一大把銅板找錢。農夫走出門口，他一離開旅社老闆就再度走進來跟司事說話。他在桌邊坐下，兩人用方言交談。司事覺得很有趣，旅社老闆很不高興。司事站起來，他是個留著八字鬍的小個子。他把身子探到窗外，望著道路。

「他進去了。」他說。

「到獅子屋嗎？」

「對。」

他們再度交談，旅社老闆走到我們這一桌。旅社老闆是個高個子的老人，他望著約翰睡覺。

「他很累。」

「對，我們很早就起來了。」

「你們準備點東西了？」

「隨時，」我說：「有什麼可吃的？」

「你想要什麼都有，女侍會把菜單拿來。」

女孩拿來了菜單。約翰醒了。菜單是一張手寫的卡片，卡片嵌在一塊木板上。

「菜單來了。」我對約翰說。他看著菜單，他還很睏。

「你跟我們喝一杯好嗎？」我問旅社老闆。他坐下來。「這些農夫都是畜生。」旅館老闆說。

「我們到鎮上的時候在葬禮上看到那個農夫。」

「那是他老婆的葬禮。」

「喔。」

「他是個畜生，這些農夫全都是畜生。」

「什麼意思？」

「你不會相信的，你不會相信那個傢伙剛剛發生了什麼事。」

「告訴我。」

「你不會相信的。」旅社老闆跟司事說：「法蘭茲，過來。」司事帶著他那一小瓶酒和杯子過來了。

「這兩位先生剛剛從威斯巴登的小屋下來。」旅社老闆介紹。我們握握手。

「你要喝什麼？」我問

「不用了。」法蘭茲搖搖手指。

「再來四分之一升？」

「好吧。」

「你們聽得懂方言嗎？」旅社老闆問。

「聽不懂。」

「你們在說什麼？」約翰問。

「他在說我們到鎮上來的時候看見的那個教堂旁墳墳農夫的事。」

「我反正聽不懂，」約翰說：「他講得太快了。」

「那個農夫，」旅社老闆說：「今天埋葬了他太太。她去年十一月死的。」

「十二月。」司事說。

「沒什麼差別。好吧，她去年十二月死了。他通知了市公所。」

「十二月十八號。」司事說。

「總之在雪融化之前，他沒辦法把她送過來下葬。」

「他們住在潘茲南山的另一邊，」司事說：「但他是這個教區的。」

「他完全沒辦法把她送來？」我問。

「沒辦法。在雪融化之前，他只能自己滑雪過來。所以今天他把她送過來下葬，神父看見她的臉，不想埋葬她。接下來讓你說。」他對司事說。「說德文，不要說方言。」

「神父真是奇怪，」司事說：「市公所收到的報告說她是死於心臟病。我們知道她心臟不好，她以前偶爾會在教堂昏倒。她有好長一段時間都沒來，因為她身體不好不能爬山。神父掀開她臉上的布時問歐茲說：『你太太受了很多苦嗎？』『沒有，』歐茲說：『我走進房間的時候，她躺在床上，已經死了。』

「神父又看了她一眼。他不滿意。」

「『她的臉怎麼會這樣？』」

「『我不知道。』歐茲說。」

「『你最好找出原因。』神父說，他把毯子蓋回去。歐茲沒有說話。神父看著他。歐茲回看著神父。『你想知道？』」

「『我必須知道。』神父說。」

「精采的就在下面。」旅社老闆說：「聽好了，法蘭茲你繼續說。」

「『這個嘛，』歐茲說：『她死了之後我通知了市公所，然後把她放在大木頭上。等我要用大木頭的時候她已經僵硬了，所以我把她靠著牆壁放著。她的嘴是張開的。晚上我到小屋裡去鋸大木頭的時候，就把提燈掛在嘴上。』」

「『你為什麼這麼做？』神父問。」

「『我不知道。』歐茲說。」

「『你這麼做了很多次嗎？』」

「『每當我晚上去小屋工作的時候。』」

「『這樣做非常不對。』神父說：『你愛你太太嗎？』」

「『有，我愛她。』歐茲說：『我很愛她。』」

「你們聽懂了嗎？」旅社老闆說：「你們知道他太太怎麼樣了嗎？」

「我聽到了。」

「要不要吃東西？」約翰問。

「你點吧。」我說：「你覺得是真的嗎？」我問旅社老闆。

「當然是真的，」他說：「這些農夫都是畜生。」

「他現在去哪了？」

「他到我同業的店去喝酒了，在獅子屋。」

「他不想跟我一起喝。」司事說。

「他知道他太太的事之後，他不想跟他一起喝。」旅社老闆說。

「喂，」約翰說：「吃點東西怎麼樣？」

「好吧。」我說。

一場追逐賽

威廉．坎貝爾從匹茲堡開始跟一個歌舞團追逐競賽。就像在單車的追逐賽裡，參賽者得從同樣的間隔距離出發，追逐前面的對手。他們騎得非常快，因為比賽距離通常很短，要是騎得慢了，距離就會被拉近。選手一被後面的人趕上並超越就出局了，就得下車離開跑道。要是所有選手都沒被追上的話，那就由拉開最大距離的人獲勝。在大部分的追逐比賽裡，如果只有兩位選手，通常其中一人會在六英里內被追到。歌舞團在堪薩斯市追上了威廉．坎貝爾。

威廉．坎貝爾本來希望在抵達太平洋沿岸之前稍微領先歌舞團的。只要他趕在歌舞團登場之前當前導人，就可以獲得報酬。歌舞團趕上他時他躺在床上。該團的經理到他的房間時他躺在床上，經理離開後他決定他還是繼續躺在床上就好。堪薩斯市非常冷，他不急著出門。他不喜歡堪薩斯市。他伸手到床下拿出一瓶酒喝，這讓他的胃覺得好受些。透納先生，歌舞團的經理，則拒絕喝酒。

威廉．坎貝爾跟透納先生的會面有點奇怪。透納先生敲門，坎貝爾說：「進來！」透納先生一進房間，就看見搭在椅子上的衣服，還有打開的行李箱，以及床邊椅子上的酒瓶和某個躺在床上完全被被單蓋住的人。

「坎貝爾先生。」透納先生說。

「你不能開除我。」威廉·坎貝爾在被單底下說。被單下又暖又白又隱密。「你不能因為我從單車上下來就開除我。」

「你喝醉了。」透納先生說。

「喔，對。」威廉·坎貝爾說，他貼著被單說話，用嘴唇感覺質料。

「你是個傻子。」透納先生說。他關掉電燈，電燈一整晚都亮著，現在是早上十點。「你是個喝醉的傻子。你什麼時候到城裡的？」

「昨天晚上到的。」威廉·坎貝爾說，他貼著被單說話。他發現他喜歡透過被單說話。「你有沒有透過被單說過話？」

「不要搞笑了，你一點都不好笑。」

「我不是在搞笑，我只是透過被單說話。」

「你是透過被單說話沒錯。」

「你可以走了，透納先生，」坎貝爾說：「我已經不再替你做事了。」

「你反正已經知道了。」

「我知道很多。」威廉・坎貝爾說。他拉下被單望向透納先生。「我知道得夠多，所以我完全不在乎看著你。你想聽聽我知道什麼嗎？」

「不想。」

「很好，」威廉・坎貝爾說：「因為我其實什麼也不知道。我只是找話說。」他再度把被單拉起來遮住臉。「我喜歡在被單底下。」他說。透納先生站在床邊。他是個挺著大肚子的光頭中年男子，他有很多事情要做。「夠了，比利，你要接受治療。」他說：「如果你願意的話我可以安排。」

「我不想接受治療，」威廉・坎貝爾說。「我完全不想接受治療。我很幸福，我這一輩子都很幸福。」

「你這樣已經多久了？」

「這是什麼問題！」威廉・坎貝爾隔著被單呼吸。

「你喝成這樣醉多久了，比利？」

「我該做的事難道沒做嗎？」

「當然，我只是問你醉多久了，比利。」

「我不知道。但我的狼回來了。」他用舌頭碰被單：「他已經跟我在一起一星期了。」

「才怪。」

「是真的。我親愛的狼。每次我喝酒他就離開房間，他沒法忍受酒精。可憐的小傢伙。」他用舌頭在被單上劃圈圈。「他是一隻可愛的狼，他跟以前一模一樣。」威廉．坎貝爾閉上眼睛，深吸一口氣。

「你得接受治療，比利，」透納先生說：「你不會討厭奇利療養院的，那裡不壞。」

「奇利療養院，」威廉．坎貝爾說：「那地方離倫敦不遠。」他閉上眼睛又睜開，讓睫毛刷著被單。「我好喜歡被單。」他說，望向透納先生。

「聽著，你覺得我醉了。」

「你**是**醉了。」

「不，我沒有。」

「你醉了，你酒精中毒了。」

「沒有。」威廉．坎貝爾用被單包住頭。「親愛的被單。」他說。他輕輕對著它呼氣。「可愛的被單。你愛我，對不對，被單？這都包在房錢裡，就跟在日本一樣。不對。」他說：「聽著比利，親愛的滑壘比利，我要給你一個驚喜：我其實沒醉，我是很爽。」

「不。」透納先生說。

「看一下。」威廉．坎貝爾在被單下拉起睡衣右手的袖子，伸出右手臂。「看這個。」手臂上從手腕到手肘的地方，有著小小的黑藍針孔痕跡，周圍有淺藍色的小圈，這些小圈幾乎相連。「這是新發展，」威廉．坎貝爾說：「我現在偶爾才喝一點酒，只是為了趕走狼。」

「他們可以治療那個。」被叫成「滑壘王比利」的透納說。

「不對，」威廉．坎貝爾說：「他們什麼都不能治療。」

「你不能就這樣放棄，比利。」透納說。他坐在床上。

「小心我的被單。」威廉．坎貝爾說。

「你不能在這個年紀放棄，也不要因為你陷入瓶頸就在身上打一堆那玩意。」

「法律是有禁止。你是要說這個嗎？」

「不是，我的意思是你要克服它。」

威廉．坎貝爾用嘴唇和舌頭愛撫被單。「親愛的被單，」他說，「我可以親這條被單，同時透過它看出去。」

「不要扯這條被單了。你不能打那玩意，比利。」

威廉．坎貝爾閉上眼睛，他開始覺得有點反胃。他知道反胃的感覺會慢慢加強，卻沒辦法痛快地吐出來，除非做點什麼對抗它。這個時候他建議透納先生喝一杯。透納先生拒絕了。威廉．坎貝爾拿著酒瓶喝了一口，這是暫時的措施。透納先生望著他。透納先生已經在這個房間裡待得太久了，他不應該待這麼久的，他有很多事要做。他雖然每天都跟使用毒品的人接觸，但他害怕毒品，而他非常喜歡威廉．坎貝爾，他不想離開他。他非常為他難過，他覺得治療應該幫得上忙，他知道堪薩斯市有很好的地方可以治療，但他得走了。他站起來。

「聽著，比利，」威廉．坎貝爾說：「我想告訴你一件事。你叫做『滑壘王比利』，那是因為你可以滑壘。我只叫做比利，因為我完全不會滑。我不會滑，比利，我不會滑。我會卡住。每次我試，就會卡住。」他閉上眼睛。「我不會滑，比利。不會滑非常糟糕。」

「是。」「滑壘王比利」透納說。

「是什麼？」威廉．坎貝爾望著他。

「不就是你說的嘛。」

「沒有，」威廉．坎貝爾說：「我沒有說話。一定是你搞錯了。」

「你剛才在說滑壘。」

「不，我不可能是說滑壘。但是聽著，比利，我告訴你一個秘密。抓著被單，比利。不要碰女人、跑馬、還有——」他停下來。「——老鷹，比利。如果你喜歡馬，你會得到馬大便，如果你喜歡老鷹，你就會得到老鷹大便。」他停下來，把頭縮到被單下。

「我得走了。」「滑壘王比利」透納說。

「如果你愛女人你就會得到教訓，」威廉．坎貝爾說：「如果你愛馬——」

「是，你說過了。」

「說過什麼？」

「說過馬跟老鷹。」

「喔，對。如果你愛被單，」他對著被單吐氣，用鼻子摩擦。「我不知道被單會得到什麼，」他說：「我只是開始愛這條被單了。」

「我得走了，」透納先生說：「我有很多事要做。」

「沒關係，」威廉．坎貝爾說：「大家都得走。」

「我要走了。」

「好吧，你走。」

「你沒事吧？比利。」

「我這一輩子沒這麼幸福過。」

「你沒事？」

「我很好，你走吧。我再躺一會兒，我大概中午就起來。」

透納先生中午到威廉．坎貝爾的房間時，威廉．坎貝爾還在睡覺。因為透納先生這個人知道生命中哪些事物是非常珍貴的，他沒有叫醒他。

今天星期五

晚上十一點三個羅馬士兵在一間酒館裡。酒館牆邊堆著桶子。木頭櫃台後面是個賣酒的希伯來人。三個羅馬士兵有一點鬥雞眼。

第一個士兵：你試過紅酒了？

第二個士兵：沒有，我沒試過。

第一個士兵：你最好試試。

第二個士兵：好吧，喬治，我們都來一杯紅酒。

賣酒的希伯來人——來了，大爺們。你們會喜歡這個的。（他放下裝著酒桶裡的酒的陶壺。）這酒很不錯。

第一個士兵：你也喝一點。（他轉向第三個羅馬士兵，後者靠在酒桶上。）你怎麼了？

第三個士兵：我胃痛。

第二個士兵：你一直都在喝水。

第一個士兵：試一點紅酒。

第三個士兵：我不能喝那該死的玩意，會讓我肚子難受。
第一個士兵：你在這裡太久了。
第三個士兵：媽的，可不是嗎？
第一個士兵：喂，喬治，能給這位先生一點什麼治他的肚子嗎？
賣酒的希伯來人：這裡就有。

〔第三個羅馬士兵嚐了一下賣酒的替他調的那杯東西。〕

第三個士兵：喂，你在裡面放了什麼？駱駝大便嗎？
賣酒的：你就一口喝下去，隊長，立刻治好你。
第三個士兵：好吧，反正不會比現在更痛了。
第一個士兵：試試看吧，喬治上一次就把我治好了。
賣酒的：你看起來很糟啊，隊長。我知道怎麼治胃痛。

〔第三個羅馬士兵把杯子裡的東西喝掉。〕

第三個士兵：耶穌基督。〔同時做個鬼臉。〕

第二個士兵：你幹嘛叫那個騙子！

第一個士兵：喔，我不知道。他今天在那裡滿好的。

第二個士兵：他為什麼不從十字架上下來？

第一個士兵：他不想從十字架上下來，他沒有這個打算。

第二個士兵：讓我看一個不想從十字架上下來的人。

第一個士兵：啊，媽的，你什麼都不知道。問問喬治，他想從十字架上下來嗎，喬治？

賣酒的：我說，大爺們，我不在場。我對那件事完全沒興趣。

第二個士兵：聽著，那種人我見多了——在這裡見過，其他很多地方也見過。不管什麼時候你讓我看一個時候到了還不想從十字架上下來的人——我是說，等時候到了的時候——如果有這種人，我會爬上去跟他一起。

第一個士兵：我覺得他今天在那裡滿好的。

第三個士兵：他不錯。

第二個士兵：你們這些傢伙不懂我在說什麼。我不是在講他好不好。我的意思是，等時候到了的時候。他們一開始把他釘上去的時候，要是能阻止的話每個人都會阻止的。

第一個士兵：你不關心嗎，喬治？

賣酒的：不，我對這一點興趣也沒有，隊長。

第一個士兵：他後來的行為讓我很驚訝。

第三個士兵：我不喜歡的部分是把他們釘上去。你知道，那一定很難受。

第二個士兵：糟糕的不是那個部分，一開始把他們抬上去（他併攏兩隻手掌做出抬舉的姿勢。）重量開始讓他們往下沉的時候，那才是他們難受的時候。

第三個士兵：有人非常難受。

第一個士兵：難道我沒看到嗎？我看得可清楚了。告訴你，他今天在那裡滿好的。

〔第二個羅馬士兵對賣酒的希伯來人微笑。〕

第二個士兵：你是個基督信徒，好小子。

第一個士兵：我當然是，你儘管繼續取笑他。你聽好我告訴你的話，他今天在那裡滿好的。

第二個士兵：要不要再來一點酒？

〔賣酒的期待地抬起頭。第三個羅馬士兵低著頭坐著，他看起來不太好。〕

第三個士兵：我不想喝了。

第二個士兵：兩人份就好，喬治。

〔賣酒的拿來一壺酒，比剛才那壺小，傾身向前靠近木頭櫃台。〕

第一個士兵：你看見他的女人了嗎？

第二個士兵：我不就站在她旁邊嗎？

第一個士兵：她滿好看的。

第二個士兵：我比他早認識她。（他對賣酒的眨眼睛。）

第一個士兵：我以前常在鎮上看見她。

第二個士兵：她以前有很多東西的。他可沒給她帶來好運。

第一個士兵：喔，他不走運。但我覺得他今天在那裡看起來滿好的。

第二個士兵：跟著他的那一夥人怎麼了？

第一個士兵：喔，那群人後來就沒消息了。只有那個女人留在他身邊。

第二個士兵：他們是一群窩囊廢。他們看見他在上面，就不想被牽扯進去。

第一個士兵：那個女人留下來了。

第二個士兵：當然，他們一起留下來了。

第一個士兵：你看見我用矛戳他了嗎？

第二個士兵：你那樣做有一天會惹上麻煩的。

第一個士兵：我只能替他做這點事了，我告訴你我覺得他今天在那裡看起來滿好的。

賣酒的希伯來人：大爺們，我得關門了。

第一個士兵：我們再來一輪。

第二個士兵：喝再多有什麼用？這幫不上你的。來吧，我們走。

第一個士兵：再來一輪就好。

第三個士兵：︹離開酒桶站起來。︺不要了，來吧，我們走。我今天晚上糟透了。

第一個士兵：再一輪就好。

第二個士兵：不要了，來吧。我們得走了。晚安，喬治。記在帳上。

賣酒的：晚安，大爺們。︹他看起來有點擔心。︺你不能讓我帳上有點什麼嗎，隊長？

第二個士兵：搞什麼，喬治！發薪日是星期三。

賣酒的：沒關係，隊長。晚安，大爺們。

〔三個羅馬士兵走出門來到街上。〕

〔在外面街上。〕

第二個士兵：喬治跟他們其他人一樣是個猶太佬。

第一個士兵：喔，喬治是個好傢伙。

第二個士兵：今天晚上你覺得每個人都是個好傢伙。

第三個士兵：來吧，我們回軍營去。今天晚上我覺得糟透了。

第二個士兵：你在這裡太久了。

第三個士兵：不，不是這樣。我覺得糟透了。

第二個士兵：你在這裡太久了，就是這樣而已。

幕落

一成不變的故事

他吃了一顆柳橙，慢慢地吐出籽。屋外的雪變成了雨。屋內的電爐似乎沒有散發出熱氣，他從書桌後站起來，在電爐前坐下。感覺真好！終於，這才像生活。

他伸手拿另一顆柳橙。在遙遠的巴黎，瑪斯卡爾特在第二回合把丹尼．弗勒許打得眼冒金星。在更遙遠的美索不達米亞，連日下了二十一英尺的雪。在地球另一端遙遠的澳大利亞，英國板球選手正在打磨他們的三柱門。**那裡才有傳奇**。

藝文贊助商們找出了《論壇》雜誌，他拿起來讀。先讀指南，然後是哲學家介紹、及一些表達奇特見解的朋友們。還有得獎的短篇小說——這些得獎作家能寫出明日的暢銷書嗎？

你會喜歡這些溫暖、樸實的美國故事，牧場上的真實生活點滴、擁擠的公寓或舒適的住家，全都隱含著健康的幽默。

我一定得讀這些故事，他認為。

他繼續閱讀。我們下一代的下一代——他們怎麼樣呢？他們是什麼人？我們必須找出新方法取得在太陽底下的空間。這是要用戰爭來達成，還是可以用和平的方法辦到？

還是我們全都該搬到加拿大？

我們最深刻的信念——會被科學顛覆嗎？我們的文明——是不是比不上事物的古老秩序——

在此同時，猶加敦州滴滴答答的叢林裡，迴盪著工人用斧頭砍橡膠樹的聲音。我們要強壯的人——還是要有教養的人？看看喬依斯，看看柯立芝總統，我們的大學生該以哪個明星為目標？有傑克·布里頓，有亨利·凡戴克博士，我們能協調這兩者嗎？看看楊·史卓伯林。

而必須自行探索的我們的女兒呢？南西·霍桑不得不在人生之海中探索自己的航路，她勇敢又理性地面對每一個十八歲女孩碰到的問題。

妳是個十八歲的女孩嗎？看看聖女貞德，看看伯納·蕭，看看貝特西·羅斯。

想想一九二五年發生的事——清教徒歷史上是不是有傷風敗俗的一頁？寶嘉康蒂是不是有兩面？她是不是有第四個次元？

現代繪畫——和詩——算是藝術嗎？是也不是。看看畢卡索。

流浪漢有行為規範嗎？讓你的心思出發去探險。

到處都有傳奇。《論壇》的作者們說得有道理，既機智又幽默。但他們並不試圖耍小聰明，也從不囉唆。

豐富心靈生活，為新觀念欣喜，為不尋常的傳奇著迷。他放下小冊。

就在這時候，曼威爾・嘉西亞・馬耶拉平躺在特里亞納一間屋子裡黑暗房間的床上，兩邊肺葉各有一條管子，被肺炎淹沒。所有安達魯西亞的報紙都以特刊報導他的死訊，他病危的消息已經好幾天了。男人和男孩購買他的彩色全身照紀念他，他們看著他的印刷照片，忘記了他在他們記憶中的身影。其他鬥牛士因為他的死鬆了一大口氣，因為他在鬥牛場上老是做出他們偶爾才能辦到的事。他們全都淋著雨跟在他的棺材後面，有一百四十七位鬥牛士送他到墓園，他們把他埋在荷塞立托旁邊。葬禮過後每個人都坐在咖啡館裡避雨，很多人買了馬耶拉的彩色照片，捲起來收進口袋。

現在我讓自己躺下

那天晚上我們躺在房間的地板上，我聽著蠶吃東西。蠶吃著架子上的桑葉，整晚你都可以聽見牠們吃桑葉和在桑葉間掉落的聲音。我自己並不想睡，因為我一直都知道要是在黑暗中閉上眼睛，放鬆自己，我的靈魂就會離開我的身體。這個情況已經很久了，從我有一次晚上被擊中，感覺靈魂離開了我去遊蕩，然後又回來開始。我試著根本不去想它，但那以後它開始在晚上，就在我要睡著的那一刻離開，我要費非常大的力才能阻止它。所以雖然我現在確定它不會真的離開，然而，在那年夏天，我不敢冒險。

我躺著不睡的時候有不同的方式讓自己忙。我會想著一條小時候釣鱒魚的小溪，在心中仔細地沿著整條小溪釣魚，仔細地在所有樹幹底下，所有河岸的轉折，深深的洞穴和清澈的淺灘釣魚；有時候釣到鱒魚，有時候讓牠們跑掉了。我會在中午停止釣魚，吃午餐。有時候坐在橫跨小溪的樹幹上，有時候在地勢較高的岸邊樹下，我總是非常慢地吃著午餐，一面看著下面的小溪。我常常會把餌用完，因為一開始我只能在一個香菸罐裡裝十條蠕蟲。我把牠們都用掉之後就得找更多蠕蟲，在小溪岸旁香柏樹影下挖蟲時常常很困難，那裡沒有草，只有潮濕的泥土，而我找不到蠕蟲。但我總能找到某種誘餌。有一次在沼澤裡我完全找不到餌，只能切開一條我釣到的鱒魚，用牠當餌。

有時候我在沼澤地裡找到昆蟲，在蕨類底下的草裡，我就用牠們。有甲蟲和腿像草莖一樣的昆蟲，腐爛的樹幹裡還有幼蟲；頭是棕色的白色幼蟲，魚鉤鉤不住，一扔進冷水裡就消失不見。還有樹幹下的木蜱，有時候我會在那裡找到蚯蚓，一把樹幹抬起來牠們就鑽進土裡。有一次我用老樹幹下面找到的火蜥蜴。火蜥蜴非常小而靈活，顏色很漂亮。牠的小腳試圖抓住魚鉤，在那次之後我就沒用過火蜥蜴了，雖然我常常找到牠們。我也不用蟋蟀，因為牠們在魚鉤上動的樣子。

有時候小溪流經開闊的田野，我會在甘草中抓到蚱蜢，用牠們當餌，有時候我會抓起蚱蜢扔進小溪裡，看著牠們在小溪上隨著水流飄游旋轉，然後在鱒魚浮上來時消失。有時候我在晚上會沿著四五條不同的小溪釣魚，盡量從最接近源頭的地方開始，一路往下釣。要是我太快就釣完，時間還沒過去，我就沿著這條小溪再釣一次，從小溪注入湖裡的地方開始回溯往上，試著釣到我順流而下時錯過的所有鱒魚。某些晚上我會編造出不曾去過的小溪，有些非常刺激，就像是醒著作夢一樣。我還記得其中幾條溪，我真覺得在那裡釣過魚，便跟我真正知道的小溪搞混了。我替這些小溪全都取了名字，我搭火車去，有時候走好幾哩路去。

但有些晚上我無法釣魚，那些晚上我便清醒地躺著，一再唸禱詞，試圖替我認識的所有人祈禱。那會花很多時間，因為如果你試著記起你認識的每一個人，從你有記憶的時候開始——以我來說，就是從我出生的老家裡的閣樓開始，我父母的結婚蛋糕裝在一個鐵皮盒子裡，掛在屋樑上，閣樓裡有我父親小時候蒐集的各種標本，泡在酒精裡的蛇和其他物種，酒精都蒸發了，所以有些蛇和其他物種的背脊都暴露出來，變成白色——要是你回溯到那麼久之前開始想，你就會想起非常多人。要是你替所有這些人祈禱，替每一個人唸聖母經和主禱文，就要花很長的時間，最後天就會亮，然後你就可以睡覺了；如果你可以在白天睡覺的話。

有些晚上我試著記起所有發生在我身上的事，從我參戰之前開始，一件件回溯。我發現我只能回溯到祖父家的閣樓。然後我就從那裡開始，重新回憶，一直記到我參戰為止。

我記得，祖父死後我們搬出了那棟屋子，住進我母親設計建造的房子。很多沒法搬走的東西都在後院燒掉。我記得閣樓裡那些罐子被扔進火堆裡，以及它們在火堆中炸裂，酒精燒起來的樣子。我記得那些蛇在後院的火堆裡燃燒。但那裡並沒有人，只有東西。我甚至不記得是誰把這些東西燒了，我會回憶到我記得人的地方，然後停下來替他們祈禱。

我記得在新房子我母親總是在掃除，把東西都清理掉。有一次我父親離家去打獵，她清理了地下室，燒掉所有不該在那裡的東西。我父親回家，從馬車上下來，繫好轠繩的時候，屋旁路上的火堆還在熊熊燃燒。我走出來迎接他。他把他的獵槍遞給我，望著火堆。「這是什麼？」他問。

「我在清理地下室，親愛的。」我母親在門廊上說，她微笑地站在那裡迎接他。我父親望著火堆，踢了什麼東西，然後彎腰從灰燼中撿了什麼起來。「拿耙子來，尼克。」他跟我說。我到地下室拿來耙子，我父親非常仔細地耙了灰燼，耙出一些石斧和石製剝皮刀、製作箭頭的工具、陶器碎片和很多箭頭。這些全都被火燒黑毀損了。我父親非常仔細地把它們全耙出來，攤在路邊的草地上。他的獵槍在皮槍盒裡，他的獵物袋在他下馬車的時候就扔在草地上。

「把槍和袋子拿到屋子裡去，尼克，給我一張紙。」他說。我母親已經進屋裡去了。我拿起獵槍，那非常重還敲到我的腿，以及兩個獵物袋，朝屋子走去。「一次拿一樣，」我父親說：「不要試著一次拿太多。」我把獵物袋放下，把獵槍拿進去，到我父親的辦公室去從報紙堆上拿了一份出來給他。我父親把所有燒黑毀損的石頭器具放在紙上，然後包起來。「最好的箭頭都碎了。」他說。他拿著紙包進屋，我跟兩個獵物袋一起留在草地上。過了一會兒我把袋子拎進去。這個回憶裡只有兩個人，所以我會替他們倆都祈禱。

但是有些晚上，我甚至連祈禱文都記不起來。我只能唸到「在地上如同在天上」，然後就必須從頭開始，但仍舊完全不能超出這個地方。接著我只好承認記不得，那天晚上就放棄念祈禱文，試別的方法。所以有些晚上我會試著記起世界上所有動物的名字，然後是鳥，接著是魚，然後是國家、城市、食物，以及我記得的芝加哥所有的街道，等我什麼都想不起來的時候我就傾聽。我不記得有哪天晚上我沒聽到聲音的。要是能有盞燈的話我就不怕睡覺了，因為我知道我的靈魂只會在黑暗中離開。所以，當然啦，很多晚上一有燈，我就睡覺了，因為我總是很累，常常很睏。我也確定很多時候我不知不覺就睡著了——但我從來不會有意識地睡著。而這天晚上我聽著蠶，你在晚上可以非常清楚地聽見蠶吃東西的聲音，我睜眼躺著聽牠們。

房間裡只有另外一個人，他也醒著。很長一段時間，我聽著他醒著。他沒辦法像我一樣靜靜躺著，或許是因為他醒著的練習不如我多。我們躺在稻草堆的毯子上，他動的時候稻草很吵，但是蠶並不害怕我們發出的聲音，繼續靜靜地吃東西。夜晚，在戰線後方七公里處外有噪音，但那跟黑暗房間裡的小噪音不一樣。房裡另外一個人試圖安靜地躺著，但沒多久他動，我也動了一下，讓他知道我也醒著。他在芝加哥住了十年。一九一四年他回來探親的時候被軍隊徵召，因為他會說英文所以他們讓他做我的勤務兵。我聽見他傾聽，於是我再度在毯子裡動一動。

「你睡不著嗎，少尉大人？」他問。

「睡不著。」
「我也睡不著。」
「怎麼了？」
「我不知道，我睡不著。」
「你還好嗎？」
「當然，我覺得很好。我只是睡不著。」
「你想聊一下嗎？」我問。
「想，但在這該死的地方能聊什麼。」
「這個地方滿不錯的。」我說。
「當然，」他說：「還不錯。」
「跟我聊聊芝加哥。」我說。
「喔，」他說：「我以前跟你說過了。」
「告訴我你怎麼結婚的。」
「我告訴過你了。」
「你星期一收到的信——是她寄來的嗎？」

「沒錯她一直會寫信給我。她那個地方賺了不少錢。」

「你回去的時候會有好地方住了。」

「當然，她經營得很不錯。她賺很多錢。」

「你不覺得我們講話會把他們吵醒嗎？」我問。

「不會。他們聽不見，反正他們睡得跟豬一樣。我不一樣，」他說，「我會緊張。」

「小聲點，」我說：「要抽菸嗎？」

我們熟練地在黑暗中抽菸。

「你不怎麼抽菸啊？少尉大人。」

「不。我才剛剛戒。」

「好吧，」他說：「抽菸對你沒有好處，我猜你習慣了就不會想抽。你有沒聽說過一個瞎子不抽菸是因為他看不到吐出來的煙？」

「我不相信。」

「我自己也覺得這是胡說，」他說：「我不知從哪聽到的。反正就是會聽到各種事情。」

我們倆都沉默下來，我聽著蠶。

「你聽見那些該死的蠶了嗎？」他問：「甚至可以聽到牠們咀嚼。」

「很好玩。」我說。

「少尉大人，你不能睡覺是有很重要的原因嗎？我從來沒看過你睡覺，我跟著你之後你就沒有在晚上睡過覺。」

「我不知道，約翰，」我說：「去年春天我狀況很不好，晚上我會擔心。」

「跟我一樣，」他說：「我不應該參加這場戰爭的，我太緊張了。」

「或許情況會好轉。」

「那，少尉先生，你到底為什麼要參加這場戰爭？」

「我不知道，約翰，那時我想參加。」

「想參加，」他說：「這算什麼理由。」

「我們不應該這麼大聲。」我說。

「他們睡得跟豬一樣，」他說：「反正他們聽不懂英文，他們屁也不知道。戰爭結束我們回美國之後你要做什麼？」

「我會在報社找工作。」

「在芝加哥嗎？」

「或許吧。」

「你有沒有看過那個叫做布里斯班的傢伙寫的東西？我太太替我剪下來寄給我。」

「當然看過。」

「你認識他嗎？」

「不認識，但是我看過他。」

「我想跟那個傢伙碰個面，他是個滿好的作家。我太太看不懂英文，但是她就跟我在家的時候一樣收報紙，把社論跟體育欄剪下來寄給我。」

「你的孩子們好嗎？」

「她們很好，我有個女兒已經四年級了。你知道，少尉先生，要是我沒有孩子的話，現在我就不會是你的勤務兵了。他們會讓我一直待在前線。」

「很高興你有孩子。」

「我也是。她們都是好孩子，但我想要一個男孩。三個女孩，沒有男孩。真是糟糕。」

「你何不試著睡一下。」

「不，我現在不能睡了，我清醒得很，少尉大人。但是我擔心你不睡覺。」

「沒事的，約翰。」

「想像一下你這樣的年輕人不睡覺。」

「我會調整過來的，只是需要一點時間。」

「你得調整過來才行，人不睡覺撐不了多久的。你在擔心什麼嗎？你有什麼心事嗎？」

「沒有，約翰，我不覺得有。」

「你該結婚，少校大人，那樣你就不會擔心了。」

「我不知道。」

「你應該結婚。你為什麼不挑個有錢的義大利好女孩？你想挑誰都可以。你又年輕，又有勳章，長相也好。你受過幾次傷。」

「我的語言能力不夠好。」

「你夠好了，什麼狗屁語言能力！你不用跟她們說話，娶她們！」

「我會考慮的。」

「你總認識幾個女孩吧，是不是？」

「當然。」

「這個嘛，你娶最有錢的那個。她們在這裡受的教養方式會讓她們當個好太太。」

「我會考慮的。」

「不要考慮，少尉大人。去做吧！」

「好。」

「男人應該要結婚，你不會後悔的。每個男人都應該結婚。」

「好吧，」我說：「我們試著睡一會兒。」

「好的，少尉大人，我再試試。但記得我說的話。」

「我會記得的，」我說：「現在我們睡一會兒吧，約翰。」

「好，」他說：「我希望你睡著，少尉大人。」

我聽見他在稻草上的毯子裡翻身，而後非常安靜，我傾聽他規律的呼吸。接著他開始打鼾。我聽他打鼾聽了許久，然後我不再聽他，改聽蠶吃東西。牠們穩穩地吃著，在葉子間掉落。我有新的事情可以想了，我睜著眼睛躺在黑暗中，想著所有我認識的女孩，以及她們會是怎樣的太太。這是個非常有趣的想頭，有一陣子這幹掉了釣鱒魚，打斷了我的祈禱。但最後我還是去釣鱒魚，因為我發現我記得所有小溪，而且小溪總有新鮮事。可女孩子在我想過她們幾次之後，就模糊起來，我沒辦法在心裡想起她們，最後她們全都模糊成一片，每個人都很相像，我就完全放棄想她們了。但我繼續祈禱，晚上我很常替約翰祈禱，他的同期在十月攻勢之前就解除了戰鬥任務。我很高興他不在那裡，因為他會讓我非常擔心。幾個月後他到米蘭的醫院來看我，我還沒結婚讓他非常失望，我知道要是他發現我到現在還沒結婚，會覺得非常難過。我始終沒有結婚。他要回美國去了，他非常確定並且知道婚姻會解決一切問題。

（全書完）

譯後記

丁世佳

海明威是美國現代文學的大家，他的文學地位和重要性無庸置疑，作品幾乎每一部都有幾種不同的中譯本，這次新譯《沒有女人的男人》，譯者以為最重要的關鍵在於盡量傳達海明威寫作的「冰山理論」；用最少最簡單的字眼（冰山的尖端），敘述完整的故事（冰山看不見的整體）；希望能在中文讀者可以理解無誤的程度下貼近原文，不過度詮釋，不擅自增添，不用原文不使用的華麗詞藻，將海明威原本單純明快、精簡沒有贅字的文風以現代中文呈現在讀者面前。

《沒有女人的男人》在一九二七年出版，是海明威第二本短篇小說集，總共有十四篇故事，都在雜誌上發表過。書名雖然叫做《沒有女人的男人》，但書中蒐集的十四部短篇小說並沒有一篇叫這個名字。然而海明威定這個書名確實是有意義的：書中幾篇相形之下較為有分量的故事都是描寫「沒有女人的男人們」的掙扎

（〈不敗的人〉、〈在異鄉〉、〈殺手們〉等等），並且探討男女之間的關係（〈白象般的山丘〉、〈十個印第安人〉、〈送人的金絲雀〉、〈阿爾卑斯山牧歌〉等等）。其中雖然有些故事取材自海明威寫作當時的時事，但並不影響今日讀者的閱讀理解，更無礙主旨。

現在翻譯閱讀海明威，可以明確地感受到他的獨特之處。相較於長篇大論鉅細靡遺的描寫，海明威刻意用最少最簡單的字眼說故事，讓讀者自行發掘冰山尖端下隱藏的一切。

〈不敗的人〉描寫受傷過氣上了年紀的鬥牛士堅持不肯放棄，跟蠻牛纏鬥到最後的過程。海明威在這篇小說裡展現了他對鬥牛豐富的知識，他用簡潔有力的句子描寫鬥牛場上的一舉一動，彷彿親臨現場。

〈在異鄉〉裡受傷在米蘭療養的軍人其實就是〈現在我讓自己躺下〉裡的主人公，一般認定是在海明威小說中反覆出現的自我化身尼克．亞當斯。最後少校的段落令人動容。

〈白象般的山丘〉廣為人知。一男一女在西班牙鄉下車站等車，似乎言不及義的對話卻隱藏了人生重要的議題，充滿了男女關係間緊繃的張力。女孩不願意做的「讓空氣進去」手術是什麼，應該毋須明言。

〈殺手們〉是非常有名的一篇，短短幾千字的故事曾經兩度拍成電影，完整展現了冰山理論的功力。海明威的化身尼克．亞當斯也再度出現。

〈祖國對你而言是什麼？〉同樣是一篇海明威個人真實經驗的故事。文中沒有明說對法西斯義大利的看法，甚至在最後說在這個國家的時間不長不足以理解；但小說主人公友人的一句話就說明了一切：「跟她說這裡就像是她的祖國。」（「這裡」是一間打著餐廳幌子的娼館。）這篇小說海明威刪改過多次，仔細避開私人資訊，讀者不知道主人公跟友人到義大利去是要拿什麼而沒拿到（海明威到義大利去取能讓他結婚的證明書）。

〈五萬塊〉裡的主人公傑克雖然只是個「粗獷的愛爾蘭人」，但卻一點也不笨。他是否接受了經紀人的提議要故意輸給對手？由於比賽中發生了意想不到的轉折，傑克在瞬間察覺這是對方的圈套，於是他故意犯規，讓自己輸了比賽，破壞了對方的陰謀。

〈單純的詢問〉是一個同性戀的故事。海明威用簡單的文字描寫和單純的對話，賦予讀者無限想像的空間。

〈十個印第安人〉裡的年輕小伙子尼克喜歡的印第安姑娘，是故事裡第十個印第安人。印第安人住在保留區內，而且明顯受到歧視（「聞起來跟臭鼬一樣」、

「土女」），但尼克似乎並不在意。他在知道印第安姑娘跟別的白人男孩在一起「很開心」之後，覺得自己的心碎了。但第二天早上，「他醒了很久之後才想起自己的心碎了。」

〈送人的金絲雀〉中的美國女士一再強調美國男人是最好的丈夫，甚至強行拆散自己女兒跟瑞士男人的戀情，然而讀者會發現傾聽她敘述的美國夫婦，在故事結尾卻正準備離異分居……

〈阿爾卑斯山牧歌〉裡埋葬妻子的農夫，到底愛不愛妻子？他是因為不愛妻子，所以把提燈掛在屍體的嘴上嗎？他到底是不是如旅社老闆說的是「畜生」？

〈一場追逐賽〉裡的主人公是脫衣舞表演秀的前導宣傳人，必須在表演團體到達前先行宣傳才能得到報酬，然而他被趕上了。他不僅酗酒還吸毒，他的「狼」可能是同性情人，也可能是毒癮。脫衣舞團的經理最後讓他睡覺不吵醒他，因為生命中最單純的事物是最有價值的。

〈今天星期五〉是海明威罕見的短篇劇本形式。主題是耶穌受難的星期五。三個替他行刑的羅馬士兵在那天晚上悔恨難受，藉酒消愁。在他們眼中受難的耶穌就像拳擊手或鬥牛士一樣，表現得「滿好的」。這篇從頭到尾都是現在式時態，耶穌為大眾受難的日子就是今天，每一天都是耶穌受難日，每一天都是今天，每一天都是星期五。

〈一成不變的故事〉裡的《論壇》雜誌是一九二〇年代美國著名的文藝雜誌，裡面探討了很多海明威在這裡提到的問題。是自省，也是要讓讀者思索。

〈現在我讓自己躺下〉裡的主角是〈在異鄉〉裡受傷的軍人，也就是尼克．亞當斯，時間點則發生於〈在異鄉〉之前。尼克在晚上強迫自己醒著，因為他受過重傷，害怕在黑暗中睡著靈魂就會出竅（死亡）。海明威詳細描寫尼克避免入睡的心理活動，然後是跟他的勤務兵約翰的對話，約翰認為尼克沒有結婚是個大問題，只要結婚了一切困難就迎刃而解。然而到故事最後，讀者會發現尼克仍舊無法同意約翰的看法。

海明威的作品是可以一字一句一再重讀的。看原文的時候有一種感受，翻譯的過程中又有另一種感受，修潤時又有不同的感受，相信最後閱讀成書時，也會有全新的感受。正因為海明威的單純明快輕描淡寫，所以更有一再重讀發掘字面下深意的價值。

這次有機會翻譯海明威，讓譯者加深了對這位美國現代小說名家的欽佩與理解，也再度確認了經典文學的欣賞與譯介是不受時空限制的。

文學森林 LF0052

沒有女人的男人

Men without Women

作者

海明威（Ernest Miller Hemingway，1899-1961）

被譽為二十世紀對英文寫作影響最深的偉大小說家。一八九九年七月二十一日出生於芝加哥市郊橡樹園鎮，父親是醫生，母親從事音樂教育，家中有六個兄弟姊妹，海明威排行第二。

海明威文句簡單清楚，文體帶有剛強、簡潔的特質。一九二三年，先在巴黎出版作品（處女作《三個短篇和十首詩》），開始創作生涯。共有短篇小說集《我們的時代》、《沒有女人的男人》、《勝利者什麼也沒有》、《全有或全無》、《尼克・亞當斯故事集》。長篇小說《春潮》、《太陽依舊升起》、《午後之死》、《戰地春夢》、《戰地鐘聲》、《非洲青山》、《吉力馬札羅的雪》、《渡河入林》。劇本《第五縱隊》。一九五二年，《老人與海》代表作問世，深受各界好評，並獲普立茲文學獎，一九五四更獲得諾貝爾文學獎。海明威逝世後，另出版有：《島在灣流中》、《流動的饗宴》等。

譯者

丁世佳

以翻譯糊口二十年，煮字療飢自虐成疾。英日文譯作散見各大書店。

譯有《時間的女兒》（經典新譯本）、《貓語教科書》、《銀河便車指南》、《宇宙盡頭的餐廳》、《死亡祭儀》、《告白》、《夜行觀覽車》、《往復書簡》、《倫敦塔祕密動物園》、《都鐸王朝》、《穿越時空救簡愛》、《大笑的警察》、《猜心詩咒》、《餡餅的祕密》、《傀儡的祕密》，漫畫《深夜食堂》等。

部落格：tanzanite.pixnet.net/blog

封面內頁設計　劉克韋
行銷企劃　傅恩群、曾士珊
編輯協力　詹修蘋、宋慧如
版權負責　陳柏昌
副總編輯　梁心愉
初版一刷　二〇一四年十一月三日
初版五刷　二〇二四年一月四日
定價　新臺幣三〇〇元
封面照片 Ernest Hemingway：達志影像／提供授權

ThinKingDom 新經典文化
發行人　葉美瑤
出版　新經典圖文傳播有限公司
地址　臺北市中正區重慶南路一段五七號十一樓之四
電話　886-2-2331-1830　傳真　886-2-2331-1831
讀者服務信箱　thinkingdomtw@gmail.com
臉書粉絲團　www.facebook.com/thinkingdom

總經銷　高寶書版集團
地址　臺北市內湖區洲子街八八號三樓
電話　02-2799-2788　傳真　02-2799-0909
海外總經銷　時報文化出版企業股份有限公司
地址　桃園市龜山區萬壽路二段三五一號
電話　02-2306-6842　傳真　02-2304-9301

沒有女人的男人 / 海明威著；丁世佳譯. -- 初版. -- 臺北市：新經典圖文傳播, 2014.11
面；　公分. --（文學森林；LF0052）
譯自：Men without Women
ISBN 978-986-5824-26-6（平裝）

874.57　　103015168